Die Toten vonne Ruhr

Ben Weber

Die Toten vonne Ruhr

13 Geschichten
über Mord und andere Miseren

Bibliografische Information der Deutschen Nationalbibliothek:
Die Deutsche Nationalbibliothek verzeichnet diese Publikation in der
Deutschen Nationalbibliografie; detaillierte bibliografische
Daten sind im Internet über http://dnb.dnb.de abrufbar.

TWENTYSIX – Der Self-Publishing-Verlag
Eine Kooperation zwischen der Verlagsgruppe Random House
und BoD – Books on Demand

Herstellung und Verlag:
BoD – Books on Demand, Norderstedt

ISBN: 978-3-740-751708

Inhaltsverzeichnis:

Potato-Man

Ding-Dong, das Alarmzeichen, die Türklingel! Jetzt hieß es Farbe bekennen. Carinas Galgenfrist währte noch genau 82 Treppenstufen. *Du siehst verdammt gut aus,* machte sie ihrem Spiegelbild Mut. Immerhin hatte sie einiges investiert, sich eine neue Kurzhaarfrisur zugelegt, die Fingernägel lackiert und etwas Rouge aufgelegt. Dazu ein knallendes Rot für die Lippen. Verdammt, das Lipgloss am unteren Rand, verwischt! Schnell mit dem Finger... sie zitterte ein wenig. Jetzt konnte sie schon seine polternden Schritte auf der Holztreppe hören. Wann hatte sie das letzte Mal vor Aufregung so geschwitzt? Ein kurzes Schnuppern an den Achseln – das *Versace Eros Pour Femme* brannte höllisch, aber es hielt, was die Werbung versprach: *Ein sinnlicher Duft, Zitrusblüte, Granatapfel, ein Hauch von Sandelholz und Moschus.*

Ob sie deshalb allerdings wie eine „Göttin der sinnlichen Verführung" wirken würde?

„Lass ma gucken."

Hoppla, der Kerl ging ja ganz schön ran, ein verheißungsvoller Beginn! Doch Niklas würdigte Carina kaum eines Blicks, schob sie beiseite und drängelte sich in den Flur. Im Vorbeigehen hauchte er ihr ein schlaffes Küsschen auf die Wange.

„Mal gucken, wie´s bei dir so aussieht."

Er huschte wie ein nervöses Eichhörnchen auf Futter-suche durch ihre Wohnung, blieb hier und da stehen, ließ seine Blicke kurz schweifen, um dann weiterzu-hasten …

„Das Meiste ist von IKEA, oder?"

Er ließ ihr keine Zeit zu antworten, legte ihr stattdes-sen seinen Arm um die Schulter.

„Na, das wird schon noch … Weißt du, früher hab ich auch bei denen eingekauft. Aber jetzt shoppe ich nur noch bei WALDMANN. Echt feiner Laden, in Hattingen, direkt hinter der Ruhrbrücke. Da wirst du schon am Eingang mit einem Gläschen Sekt begrüßt. Und die Möbel werden nur aus edlen Hölzern hergestellt, kann man nur wärmstens empfehlen. Kostet natürlich." Er hob seine Hand bis vor ihre Nase und rieb demonstra-tiv Daumen und Zeigefinger gegeneinander.

„Aber es lohnt sich. Alles wird individuell angefertigt, nach deinen ganz persönlichen Bedürfnissen. Unter besonderer Berücksichtigung der Lehre des Feng Shui. Daraus entsteht dann eine vollkommene Harmonie."

Niklas lächelte mit einem verklärten Ausdruck, der sich ebenso schnell verflüchtigte, wie er aufgetaucht war.

„Deine Wohnung dagegen ... die unterschiedlichen Materialien und dieser ganze Krimskrams, der hier überall rumliegt, das hat kein gutes Karma. Und dieser große Spiegel, der verstärkt die negative Energie noch, den würde ich sofort rausschmeißen."

Für einen Moment lag es Carina auf der Zunge: *Apropos negative Energie und rausschmeißen, da fällt mir was ein* ... aber sie schluckte es herunter und hörte sich stattdessen sagen: „Komm, lass uns in die Küche gehen. Ich hab das Meiste schon vorbereitet."

Stolz präsentierte sie ihre Bratkartoffeln mit bunter Gemüsebeilage.

„Mit frischem Lauch, Möhren und Paprika. Kümmel, rotem Pfeffer und etwas Oregano. Gerösteter Knobi ist auch drin. Na, was sagst du?" Sie reichte ihm einen gut gefüllten Löffel. Niklas schmatzte ihn leer, sah eine Weile an die Decke, als ob er dort etwas suchen würde, dann zog er seine Stirn in Falten.

„Also frischer Knoblauch wäre besser gewesen."

Er nahm noch eine weitere Portion und kaute hörbar vor sich hin. In Gedanken sah ihn Carina an einer Weinprobe teilnehmen. Fehlte nur noch, dass er ihr alles vor die Füße spuckte.

„Da ist zu viel Thymian drin. Und der Pfeffer ... also da hätte ich dir fermentierten Kampotpfeffer oder tasmanischen Bergpfeffer empfohlen. Schade drum.

Trotzdem, ich würde dir noch ´ne Drei plus dafür geben. Gar nicht mal so übel, ne."

Er gönnte ihr ein aufmunterndes Schulterklopfen, doch seine Nachsicht währte nicht allzu lange. Er sah Carina an, ohne sie wirklich anzusehen, und mümmelte intensiv auf seinen Resten herum, bis er plötzlich die Nase rümpfte.

„Aus biologischem Anbau sind die Kartoffeln aber nicht."

Carinas um ein diplomatisches Lächeln bemühten Gesichtszüge froren schlagartig ein, sie schluckte.

„Kerl, die sind so was von Bio, die hab ich gestern noch frisch gepflückt!"

Ihr grimmiger Ton schien an ihm abzuprallen.

„Ach herrje, Mäuschen. Die schmecken doch sehr nach *Sieglinde.* Und Sieglinde ist alles andere als Bio."

Niklas aß zwei große Portionen. Erstaunlich viel für eine Drei plus. Aber immerhin beruhigte sein Heißhunger ihr Gemüt, und drei Gläser Rotwein taten ein Übriges ... Als sie auf ihr Bett fielen und sich gegenseitig die Klamotten herunterzerrten, wechselte Carinas Kochfrust zur Sinneslust. Das Essen hatte ihm doch halbwegs gemundet, und ihre Mühen hatten sicherlich eine Belohnung verdient. Niklas schnaufte, keuchte und stöhnte – doch ein gemeinsamer Rhythmus schien ihm völlig fremd zu sein. Ach, sie hätte es ja ahnen müssen, nach ihren ersten Erfahrungen. In der Tanzschule Fuchs in Bochum-Gerthe. Da hatten sie sich kennengelernt ...

„Auch alleine hier?"
Was für eine dämliche Frage! Schließlich war das der Schnupper-Tanzkurs für Singles. Doch seine tiefe Stimme hätte sich auch nach dem Wetterbericht oder den Aktienkursen erkundigen können, Carina wäre es schnurzpiepegal gewesen. Denn der Besitzer dieses Wohlklangs sah unverschämt gut aus. Große Statur, blaue Augen und hellblondes Haar, das wild durcheinanderfiel und zum Wuscheln einlud. Der Dreitagebart, ein kunstvolles Unterarm-Tattoo und das lässig über der Designerjeans getragene Holzfällerhemd gaben ihm etwas Abenteuerlustiges. Und selbst wenn sich das Hemd über dem Bauch etwas spannte, der Kerl war genau ihr Typ.

„Hallo, ich bin Carina."
„Hohoho, und ich bin der Nikolaus. Mit Sack und Rute, allzeit bereit."
Er grinste und gönnte ihr ein Augenzwinkern.
„Mein Name ist Niklas. Das ist die Abkürzung für den alten Mann im roten Anzug. Da staunste ..."
Sie bemühte sich zu lächeln, reichte ihm die Hand und verkniff sich eine angemessene Erwiderung. Sein Händedruck war kräftig, aber nicht grob. Ganz im Gegensatz zu seinem Rhythmusgefühl. Weil er aber nicht nur

sexy aussah, sondern auch noch gut duftete – herb, mit einem Hauch von Südfrüchten – ließ sich Carina von ihm beim Samba auf die Füße treten, beim Cha-Cha-Cha den Arm verdrehen und sich im Tangoschritt übers Parkett zerren.

Nach der Tanzstunde fragte sie ihn mit einem Augenzwinkern: „Hör mal, Niklas, was hältst du davon, wenn wir bei mir zu Hause noch ein bisschen im Wegweiser des Kamasutra blättern?"

Leider passierte das nur in ihrer Phantasie, tatsächlich sagte sie nur: „Hast du nicht Lust, mich nächste Woche zu besuchen? Ich koch uns was Schönes."

Für einen Moment blieb sein Mund offenstehen, dann strahlte er über das ganze Gesicht.

„Aber immer doch! Was gibt´s denn Feines?"

„Ach, ich dachte an Bratkartoffeln mit bunter Gemüsebeilage, da kenn ich ein ganz simples Rezept", rutschte es ihr heraus, was sie aber im gleichen Moment bereute, als sie sah, wie er die Stirn krauszog und seine Mundwinkel herunterfielen. Doch nach einem kurzen Augenblick der Enttäuschung bemühte er sich um ein gequältes Lächeln.

„Na gut, okay. Solide Hausmannskost soll man nicht verachten. Da kommt es dann eben auf die Feinheiten an. Aber geben wir dem Ganzen schon mal einen anderen Namen, nennen wir es doch lieber ‚Pommes de terre sautées avec des légumes colorés'."

„Du hast recht, das klingt ja viel interessanter... ",
stimmte Carina ihm zu und dachte dabei: *Du Blödel!*
Bratkartoffeln mit buntem Gemüse ist das einzige
Gericht, das ich ohne Probleme hinbekomme. Und wir
sollten es doch nicht unnötig verkomplizieren. Haupt-
sache es schmeckt und wir haben danach noch genug
Zeit für andere Köstlichkeiten ...

In den nächsten Tagen kaufte Carina Kartoffeln, Gemüse und frische Kräuter ein und besorgte Rotwein.
Halbtrocken, für 12,95 Euro die Flasche. Der sollte
ihnen doch munden. Wie es schien, war sie für alles
gerüstet. Gründlich aufgeräumt hatte sie auch, denn,
obwohl Niklas auf den ersten Blick wie ein Teufelskerl
aussah, wurde Carina das dumme Gefühl nicht los,
dass Ordnung sein halbes Leben war. So hatte er ihr
doch tatsächlich nach der Tanzstunde mit großer Geduld und in aller Ausführlichkeit erläutert, welche Fehler ihr bei den einzelnen Schritten unterlaufen waren.
Und das, obwohl er selbst fortwährend dem Takt der
Musik hinterhergehoppelt war.

Genau wie jetzt, in diesem Augenblick ...

Ein Déjà-vu der unangenehmen Art.

Sein heftiges Stoßen erinnerte Carina an einen wüten-
den Holzhacker, der einen Baumstumpf bearbeitete. Ein
Mann fürs Grobe, aber leider keiner für die filigrane
Kunst. So war es kaum verwunderlich, dass es vorbei

war, bevor Carina überhaupt auf Touren kam. Für einen Moment lag Niklas noch schnaufend neben ihr, dann bückte er sich nach seinen müffelnden Socken und schnupperte ausgiebig an ihnen.

„Nimm´s mir nicht übel, Mausi, aber du kommst zu früh. Klar, bei einem Typ wie mir, da kann einer Frau schon mal die Sicherung durchbrennen."

Er lachte und zwinkerte ihr zu.

Carina war sprachlos. Dieser eingebildete Sack!

Der hatte doch tatsächlich bei ihr einen Höhepunkt festgestellt, von dem sie selbst nichts mitbekommen hatte. Sie hüpfte aus ihrem Bett und zog sich in Windeseile wieder an ...

Kurz darauf reichte sie ihm seine Jacke und bugsierte ihn zur Tür hinaus. Niklas schien zu überrascht, um Gegenwehr zu leisten. Kein spaßiger Spruch mehr, nur noch große, staunende Augen. Carina bemühte sich um einen freundlichen Ton.

„Ach, das hätt ich fast vergessen: Gib mir mal deinen Rucksack. Ich pack dir noch was von den *pommes de terre* ein. Ist ja noch einiges übriggeblieben."

Niklas guckte für einen Augenblick irritiert, dann hob er mahnend den Zeigefinger: „Aber füll mir das bitte nicht in so ´ne billige Tupperdose. Da geraten nämlich Nanoteilchen ins Essen und das muss ich wirklich nicht haben."

Draußen im Flur übergab Carina ihm wortlos seinen Backpacker. Er nahm ihn mit der linken Hand in Empfang und reichte ihr dann zögernd die andere zum Abschied.

„Ja ... dann. Das Essen, also das war ganz okay. Und der Sex, na ja, der war so Zwei bis Drei. Auf jeden Fall ausbaufähig." Noch einmal ein selbstgefälliges Lächeln, dann fiel sein Blick auf den Schrubber, den sie gemeinsam mit dem Putzeimer und einem Wischlappen neben ihrer Wohnungstür geparkt hatte. Missbilligend schüttelte er den Kopf.

„Drinnen wie draußen. Kein gutes Karma."

„Flurwoche ...", murmelte Carina ...

Sie zögerte noch einen Moment, dann packte sie den Schrubber wie ein Ritter seine Lanze zum Turnier und stieß kurz, aber heftig, zu. Sie traf Niklas direkt auf dem Brustbein. Er stöhnte auf, stolperte rückwärts, ruderte wild mit den Armen, ohne Halt zu finden, und stürzte über die Brüstung ins Treppenhaus hinunter. Carina lauschte gespannt. Ein kurzer Schrei, dann ein dumpfer Schlag. Irgendwie enttäuschend ...

Von unten schallte eine Stimme herauf: „Watt is denn da los? Watt soll der Lärm?"

Carina beugte sich über die Brüstung und erblickte den Kopf von Frau Berger aus dem zweiten Stock. Die Nachbarin schaute kurz zu Carina herauf, dann nach unten.

„Jesus! Da liegt ja einer ... und allett volla Blut!"

Jetzt hörte Carina Schritte auf der Etage direkt unter ihr. Das war Kevin, der sechsjährige Filius der Familie Janka. Er guckte ebenfalls nach unten und schrie los.

„Kevin, sofort zurück in die Wohnung!", rief Carina ihm zu, denn das war ja kein schöner Anblick, schon gar nicht für ein kleines Kind. Im Erdgeschoss dagegen tauchte nun Willi Marquardt auf, seines Zeichens Frührentner und selbsternannter Blockwart ihres Häuserkomplexes.

„Der lebt noch!", brüllte er nach oben, und es klang wie eine Aufforderung an die anderen, aktiv zu werden. Frau Berger reagierte entsprechend und rief Marquardt zu: „Ich besorch ´en Krankenwagen...", und schon war sie wieder verschwunden.

„Fräulein Carina, könnse nich erste Hilfe oder sowatt?", schallte es von unten herauf, und sie dachte: *Das fehlt mir noch, dass ich den Burschen rette und der womöglich gegen mich aussagt ...*

„Hey, Sweetheart, hörst du mir noch zu oder träumst du gerade ... ?"

Niklas sah Carina mit geneigtem Kopf prüfend an.

„´Tschuldige, ich war in Gedanken. Ach, Niklas, weißt du was? Nimm doch bitte den Lappen mit runter, nur für den Fall, dass du Flecken machst. Ich hab ja vorhin erst gründlich geputzt."

Ihr Gegenüber staunte mit offenem Mund.

„Ich mein ja nur. Wegen der Bratkartoffeln, die ich dir eingepackt habe. Ohne billige Plastikdose, wie gewünscht. Direkt in deinen edlen Wolfskin Survival Rucksack hinein."

Niklas machte große Augen, dann schwenkte sein Blick langsam hinunter. Vom Grund seines Rucksacks tropfte es ölig auf den Fußboden.

„Siehst du, da geht´s schon los. Na, dann hinterlass mal keine Spuren. Meine Nachbarn verstehen da keinen Spaß. Und schmeiß den Lappen bitte unten in die Tonne, das wär echt lieb von dir."

Carina zwinkerte ihm noch einmal zu, klopfte ihm auf die Schulter, drehte sich um, stapfte erhobenen Hauptes in ihre Wohnung und ließ die Tür knallend hinter sich zufallen.

Die Toten vonne Ruhr

„Verfluchter Scheiß!"

Kowallik stocherte mit einem Zweig an seinen Schuhen herum. Zu blöd, die Gummistiefel hatte er in der Garage stehen lassen. Und nun lag da diese öde Flusslandschaft vor ihm, die nur aus graubraunem Wasser, Unkraut und Ungeziefer bestand. Ein Rätsel, wie andere sich für so etwas begeistern konnten ...

Als Treffpunkt hatten sie den Parkplatz hinter den Bahngleisen in der Nähe des Flusses verabredet.

„Bist du der vonne FLASH?"

Kowallik zuckte zusammen. Er hatte den jungen Mann nicht kommen hören. Der Bursche grinste ihn an. Stand breitbeinig da, die Hände in den Hosentaschen. Kowallik mochte diese plumpe Vertraulichkeit nicht, aber die meisten seiner Informanten gaben sich so. Selbstgefällig, als ob sein Glück von ihrer Gunst abhänge. Dabei waren die Regeln doch klar. Cash gab´s nur gegen brauchbare Infos.

„Ich hab euch angerufen. Wegen die Toten vonne Ruhr. Ich kann dir zeigen, wo se liegen."

„Tach auch. Peter Kowallik, ich bin der Fotograf. Von mir aus können wir sofort los. Bringen wir es doch gleich hinter uns."

Der Informant tippte sich an die Stirn und rümpfte seine Nase. „Hömma, ich bin doch nich verrückt! So ´ne Sauerei muss ich nich nochma haben. Sieht ziemlich eklig aus. Und datt stinkt vielleicht!"

Der junge Mann war nähergekommen. Kowallik spürte, dass er seinen Geruch nicht mochte und gerne wieder auf Distanz gegangen wäre. Aber das hier war sein Informant, mit dem musste er wohl oder übel verhandeln. Die Augen seines Gegenübers flackerten unruhig hin und her. Dann tat der Bursche etwas, das Kowallik auf den Tod nicht ausstehen konnte: Er tippte mit seinem ausgestreckten Zeigfinger gegen Kowalliks Brust.

„Ich will ´ne satte Prämie, aber so richtig satt, dann beschreib ich dir den Wech."

Kowallik schob den jungen Mann ein Stück zurück.

„Hör´n Sie auf, an mir rumzustochern. Wir werden uns sicher einigen. Am besten Sie sagen mir, wo die Toten liegen und wenn ich meine Schnappschüsse gemacht habe, komm ich zurück und geb Ihnen die Kohle. Wir müssten dann nur noch einen Treffpunkt vereinbaren."

Sein Gegenüber schüttelte heftig mit dem Kopf.

„Nee, so läuft datt nich, Alta! Die Hälfte vom Zaster sofort – und den Rest später, wenn du die Fotos gemacht hast. Und für den Fall, datt du versuchst, mich zu veraschen: Ich hab mit mein Handy schon selba ein paar töfte Bilda gemacht, die kricht dann ebend der Stadtspiegel!"

Kowallik spürte, dass sein Herz schneller schlug. Er hatte große Lust, mit diesem Schmierlapp Klartext zu reden. Und ihm zu erklären, dass ein guter Fotograf nicht darauf angewiesen sei, mit jedem dahergelaufenen Schwachmaten Geschäfte zu machen. Doch er schluckte seinen Ärger herunter.

„Okay, okay. Ist ja gut. Ich bin einverstanden. Fünfzig Euro auf die Hand und die anderen Fuffzig, wenn ich alles im Kasten habe."

Einen Moment lang zögerte der junge Bursche noch, dann streckte er Kowallik seine flache Hand entgegen. Sie verabredeten sich dann für später im Anglerheim Bochum-Dahlhausen. Den Wegweiser dorthin hatte Kowallik bei seinem Eintreffen auf dem Parkplatz entdeckt.

Kowallik stapfte los, immer am Ufer entlang, bis ihn ein zugewucherter Trampelpfad stoppte. Er suchte sich einen Ast, mit dem er das Gestrüpp zur Seite drücken konnte. Mit der anderen Hand schlug er nach den Insekten, die er dabei aufscheuchte. Verdammte Nervensägen! Hoffentlich war er bald am Ziel. Zum Glück war die Beschreibung seines Informanten ziemlich präzise, der schien sich hier gut auszukennen. Noch eine Flussbiegung, und dann ... da hinten im

Schilf, da musste es sein! Schon von Weitem sah er die Fliegen in kleinen Wolken geschäftig hin- und hersausen. Gleich würde der üble Geruch seine Vermutung bestätigen. Kowallik band sich sein Halstuch vor die Nase. Vorsichtig näherte er sich seinem Ziel, setzte behutsam einen Fuß vor den anderen, immer bemüht, mit seinen Halbschuhen nicht zu versumpfen. Hier war keine Menschenseele. Er würde die Toten als Erster ablichten und spektakuläre Fotos schießen …

Für die FLASH, das berüchtigte Skandalblatt.

Über zwanzig Jahre war es nun her, dass Peter Kowallik sein Kunststudium mit Auszeichnung abgeschlossen hatte. Wie die meisten seiner Kommilitonen hatte er von einer großen Karriere geträumt. Als Fotograf für eine bekannte Tageszeitung oder ein anspruchsvolles Fachmagazin. Doch seine Bewerbungen blieben erfolglos, schließlich war er froh gewesen, überhaupt einen Job zu bekommen. Einen, den er nie gewollt hatte. Den die meisten Menschen mit Verachtung straften. Denn nun machte er sich auf die Suche nach Bildern, die den Betrachter zum Voyeur werden ließen. Die Quote war entscheidend, nicht der Anstand oder die Moral.

Kowallik blickte über die Flusslandschaft, die früher mal eine magische Anziehungskraft auf ihn ausgeübt hatte. „Wir gehen zum Bolzplatz!", hatte er als Kind seine Mutter oft angeflunkert, wenn sie zum Ufer der

Ruhr hinunterschleichen wollten. Man durfte sich nur nicht erwischen lassen, sonst setzte es Prügel. Doch die Ruhr und ihre Umgebung waren es wert. Vor allem an Tagen, an denen die Hitze des Sommers unerträglich wurde. Dann spritzten sie sich gegenseitig nass oder setzten kleine Papierboote auf das Wasser. Einige der Jungs ließen sich sogar als „Toter Mann" ein Stückchen im Fluss treiben oder wagten sich bis in die Mitte des Stroms hinaus, obwohl das Baden in der Ruhr verboten war – schon damals. *Wegen der gefährlichen Strudel durch die Bombentrichter unter den Brücken*, das hatten sie als Kinder immer wieder eingebläut bekommen. Der Fotograf seufzte …

Warum tauschte man eigentlich diese kindliche Begeisterung gegen die nüchterne Betrachtungsweise eines Erwachsenen ein?

Ohne nachzudenken, ging er an den Toten vorbei und weiter am Ufer den Fluss hinab. Über den alten Weg aus Pflastersteinen, der früher einmal als Treidelpfad für die Pferde gedient hatte, die Lastkähne den Fluss entlangzogen, als es noch keine motorisierten Schiffe gab. Kowallik atmete tief ein, tief aus. Da war er wieder, der Geruch! Den hatte er früher so gemocht. Er war überrascht. Der herbe Duft des Flusses gefiel ihm noch immer … vielleicht war ja doch nicht alles verloren gegangen? Diese kleine Landzunge dort, die sah doch sehr einladend aus. Ein frischer Wind von vorne, die Sonne im Rücken. Eine ideale Position. Mit einem Tempotuch wischte er an einem großen Steinbrocken herum, bis der ihm halbwegs sauber erschien. Kowallik ging in die Hocke. Er stöhnte, in seinem rechten Knie stocherte jemand mit einer Nadel herum. Doch kaum hatte er sich hingesetzt, warfen ein paar Sonnenstrahlen ihr Licht durch die Wolken auf den Fluss und seine Ufer und ließen ihn die Schmerzen vergessen. Für einen Augenblick spürte er die Sehnsucht nach diesen Tagen aus seiner Kindheit ...

„Alter, verdammt, was ist bloß los mit dir?"
Kowallik schüttelte seinen Kopf und stand langsam wieder auf. *Konzentrier dich mal auf deinen Job!*
Und der hieß: Hier im Schilf drei ertrunkene Schafe aufzuspüren, die ein wilder Hund vor einigen Tagen in die Ruhr getrieben hatte. Die Tiere dann möglichst spektakulär zu fotografieren und der Redaktion das gewünschte Material zu liefern.

Kowallik drehte abrupt seinen Kopf, aus der entgegengesetzten Richtung klang ein merkwürdiges Geräusch zu ihm herüber. Das Flattern zweier Schwäne, die dem Flussverlauf folgten und knapp über dem Wasser schnatternd vorbeiflogen. Leuchtendes Weiß über fließendem Blau. Er drückte spontan den Auslöser. Die Schafe liefen ihm ja nicht weg, die konnte er auch später noch ... Er setzte sich auf einen anderen

Stein, ohne sich Gedanken über den Dreck an seiner Hose zu machen, und sah auf den Fluss hinaus. Diese innere Ruhe, die er hier verspürte, wie lange vermisste er das schon? Die Sonne brachte das Wasser zum Funkeln und machte aus dem matten Braun ein leuchtendes Blau. Wie die Natur alles verwandelte – er hatte es fast vergessen. Wie gut das tat! Einfach nur dasitzen und den Moment genießen. Ganz allein mit dem Fluss. Kowallik begriff ... Es war so einfach.

Seine Arbeit für die FLASH bedeutete ihm nichts. Ja, er verdiente gutes Geld, aber mehr war da nicht. Keine Begeisterung, keine Lebensfreude, nichts davon.

Aber das hier, das bewegte ihn ...

Was für eine wunderschöne Libelle!

Kowallik drückte den Auslöser. Solche Momente musste man festhalten! Sollten doch andere den Dreck und Schmutz ablichten, den die Redaktion forderte. Ein paar Enten flatterten davon, ein Klingelton hatte sie aufgeschreckt. Kowallik starrte auf das Smartphone, das ihm der Ressortleiter der FLASH zum Jubiläum geschenkt hatte. „Ist nicht mehr so ganz up-to-date...", hatte der damals grinsend zu ihm gesagt, „aber das nimmst du dann auch nur für die Arbeit, *no private*! Immer erreichbar, allzeit bereit. Und die Kamera ist echt solide. Nur für den Fall, dass deine Spiegelreflex mal nicht *on the top* ist."

Kowallik ließ es weiterklingeln, betrachtete noch einen

Moment lang das Display und sah dann wieder auf die Ruhr hinaus. Langsam, wie in Zeitlupe, erhob er sich. Seine Falten auf der Stirn entspannten sich plötzlich, er warf einen letzten Blick auf sein Smartphone, holte schwungvoll aus und schleuderte es mit einem Jauchzer weit hinaus auf den Fluss. Eine Weile beobachtete er noch die kleinen Wellen, die kreisförmig auseinanderliefen. Dann setzte er sich wieder hin, zog sich in aller Ruhe seine Schuhe und Socken aus und warf sie auf den lehmigen Boden, ohne auch nur einen Gedanken daran zu verschwenden, sie in irgendeiner Weise zu ordnen. Als seine Waden und Füße in das kühle Wasser der Ruhr eintauchten, hielt er einen Moment die Luft an. Er lächelte. Was für ein Tag!

Am nächsten Morgen rief Kowallik in der Redaktion an und meldete sich krank. Nachts hatte er stundenlang gegrübelt und kaum ein Auge zugemacht. Sollte er wirklich so mir nichts dir nichts kündigen, ohne über die Konsequenzen nachzudenken? Immerhin wurde er gut bezahlt, war in der Redaktion angesehen, pflegte freundschaftliche Beziehungen zu einigen Kollegen und sogar eine intime zu der Redakteurin für Kultur und Lifestyle. Na, für den Moment war's ihm egal, jetzt wollte er zuerst einmal das Frühstück genießen ... Wann hatte er sich zum letzten Mal frische Brötchen und Rühreier gegönnt? Und kein Handy auf dem

Tisch. In diesem Moment klingelte Kowalliks Telefon, der Festnetzanschluss. Er stapfte in die Wohnung und blickte auf das Display: die FLASH-Redaktion. Das konnte warten, sollten sie doch auf seinen AB sprechen. Er nahm einen Schluck aus seiner Tasse. Dieser aufgebrühte Kaffee schmeckte deutlich besser als das übliche Instant-Pulver. Kowallik griff zur aktuellen Ausgabe des Stadtspiegels, die er für gewöhnlich gleich zum Altpapier legte. Endlich fand er mal die Muße, in das Blatt hineinzusehen...

Ob der Angler seine Drohung wahrgemacht hatte?

Auf der Titelseite entdeckte er nichts Ungewöhnliches. Doch da, wow, auf der zweiten Seite, da befanden sich Bilder von den toten Schafen! Gar nicht mal so übel, diese Fotos. Und auf der dritten Seite gab es noch ein Bild... ziemlich unscharf. Irgendein Mann am Fluss, mit erhobenem Arm – mehr war da nicht zu erkennen. Kowallik stutzte, verschluckte sich und spuckte Kaffee über den Tisch und die Zeitung. Die Zeile über dem Bild lautete: „FLASH-Fotograf als Umweltsünder ertappt!"

Als er etwas später den Anrufbeantworter einschaltete, ertönte die mürrische Stimme seines Redaktionsleiters: „Das *Guten Morgen* spar ich mir. Sie haben uns ´ne Menge Ärger eingebrockt, mit Ihrer bescheuerten Aktion. Ich mach es mal ganz kurz: Kowallik, Sie sind gefeuert!"

Lisdoonvarna

Ein paar einsame, weiße Tupfer am blauen Himmel, unter mir die irische See. *Über den Wolken muss die Freiheit wohl grenzenlos sein ...*

„Von Reinhard Mai, oder?", die ältere Dame neben mir lächelt versonnen, und ich sehe ihr an, wie sie in Gedanken zurückreist in jene Zeit. Beim Blick aus dem Fenster muss ich wohl diese Melodie gesummt haben. Dublin ist unser Ziel, und ich freu mich drauf. Auf eine zweiwöchige Busreise durch den Südwesten der grünen Insel. Geführte Wanderungen inklusive.

Frau Dr. Kraft hatte es mir ja prophezeit: „Wenn sie das in ihrem Alltag umsetzen, was sie über Achtsamkeit gelernt haben, dann werden Sie sich besser fühlen. Und wenn Sie sich trotzdem mal ärgern sollten, werden Sie viel gelassener damit umgehen können."

Sie lächelte mir aufmunternd zu.

„Fragen Sie sich immer: *Was tut mir wirklich gut,* hören Sie auf Ihre innere Stimme."

Und Frau Dr. Kraft behielt recht. Es geht mir viel besser, seitdem ich auf eine gute Balance zwischen beruflichem Stress und Freizeit achte. Und meinen Urlaub nicht mehr in Kellenhusen an der Ostsee, sondern in Irland am Atlantischen Ozean verbringe.

„Morgen, Paula!"

Jörg Bender klopfte seiner Kollegin zur Begrüßung auf die Schulter. Paula Kalinski nickte ihm kurz zu, dann blickte sie wieder auf ihren Bildschirm und seufzte: „Mann, die Woche fängt ja gut an. Wir sind schon wieder unterbesetzt. Der Sven hat sich krankgemeldet, und der Müllner ist noch immer nicht zurück. Müsste der nicht mal durch sein mit seiner Kur?"

„Ist `ne echte Seuche, wenn man die Leute braucht, sind sie nicht da. Ich frag nachher mal die Verwaltung, wo der Müllner bleibt. Und sonst, Paula, gibt´s was Neues?"

Die Kommissarin legte den Kopf in den Nacken und fuhr sich mit den Händen durch die langen, blonden Haare.

„Ich hab auch noch ´ne gute Nachricht: Die Messerstecherei vor der Diskothek in Bochum-Hamme, da haben wir einen der Täter erwischt. Ein 24-jähriger Dortmunder, auf den passte die Phantomzeichnung wie Arsch auf Eimer. Der sitzt jetzt in U-Haft, nach seinem Komplizen wird noch gefahndet."

„Das klingt doch gut. Geht gleich raus an die Presse, damit die mal ruhiger werden, diese Nervensägen. Okay Paula, dann ... "

Kalinski räusperte sich und tippte auf ihren Bildschirm.

„Wir haben da noch ´ne Vermisstenmeldung. Aus Bochum-Linden. Ein Professor aus der Psychiatrischen Klinik. Ist seit vorgestern verschwunden. Der Mann ist wohl ´ne große Nummer da. Er heißt... Moment, hier steht´s ... Paul Lücker. 61 Jahre alt, wohnhaft in Bochum-Weitmar, alleinstehend. Zuletzt wurde er Dienstagabend so gegen 18 Uhr gesehen, als er seine Sportschuhe schnürte. Er walkt wohl jeden Tag nach Feierabend seine Runde, von der Klinik runter zur Ruhr und das Ganze retour. Die Uferwege sind aber zurzeit an einigen Stellen überflutet. Wir haben die DLRG und Suchtrupps mit Booten rausgeschickt. Bislang noch ohne Ergebnis, die suchen aber auf jeden Fall weiter."

Bender nickte zustimmend und hob den Daumen.

Bis jetzt ist alles gut gelaufen, der Flug, der Empfang durch die Reiseleitung und die Busfahrt ins Hotel. Es gibt wirklich keinen Grund, sich zu beklagen oder aufzuregen. Das letzte Mal, dass ich so richtig wütend geworden bin, das war im Speisesaal von Station Acht... Ich sehe die Hand von Thorsten Werner vor mir, als wäre es erst gestern passiert. Und ich erinnere mich noch an diesen Gedanken: Seine Distanzlosigkeit muss bestraft werden! Also holte ich tief Luft und sagte für alle am Tisch gut vernehmbar: „Die Kartoffeln sind heute aber wieder mal hart, die sind ja fast noch roh!"

Ein kleines Alibi konnte ja nicht schaden. Und die lauwarmen Kartoffeln waren oft wie aus Gummi, das wusste doch schließlich jeder auf der Station.

„Die werden wohl drüben in der Physio auch für die Hot-Stone Massage verwendet ...", über den Spruch von mir schmunzelten sogar ein paar von den Depris, die ja sonst wenig zu lachen hatten. Nun, Thorsten Werners linke Hand berührte in diesem Moment meinen Teller und damit die Zone, in der sie absolut nichts zu suchen hatte. Unverschämter Kerl! Und wie immer ohne Haltung, der Werner, überhaupt keine Körperspannung, nicht mal beim Essen. Er saß nicht am Tisch, er lag förmlich drauf. Und den Erbseneintopf, den er ausgewählt hatte, schaufelte er in sich rein, schmatzend wie ein Schwein. Dabei hatte er dieses bescheuerte Ferrari-Käppi auf dem Kopf ... so peinlich, für einen Mann mit Mitte fünfzig! Und respektlos den anderen gegenüber. Beim Essen nimmt man seine Kopfbedeckung ab, das ist doch eine Grundregel des guten Benehmens.

Aber er... er grinste mich nur frech an und sagte: „Wen juckt´s!?"

Als Zimmernachbar hatte er mich schon seit Wochen genervt, denn er wusste ja alles und vor allem viel besser als andere. Den ganzen Tag lang palaverte er rum. Und ich hasse solche Typen, die nicht mal für fünf Minuten die Klappe halten können! Natürlich wollte er auch das Fernsehprogramm bestimmen, und das bis spät in die Nacht. Dabei beklagte er sich ständig über das miese Angebot, aber nicht nur das: Er hatte eigentlich immer was zu meckern. Über das Wetter, die anderen Patienten, die Ärztinnen, den Professor und die Krankenschwestern. Aber das Schlimmste an Werner war ... sein Schnarchen, stundenlang, in den scheußlichsten Tonlagen. Selbst die Ohrstöpsel, die mir die Nachtschwester gab, nutzten da nicht viel. Auch nicht ihr Lächeln, obwohl sie dabei immer so niedliche Grübchen bekommt... Überhaupt ist Schwester Kathrin eine sehr hübsche Person. Dunkle Augen, die funkeln, langes, mittelblondes Haar und feine Gesichtszüge, die immer viel Empathie ausstrahlen. Und trotz der schlanken Figur sind ihre Rundungen echte Hingucker. Ja, wenn ich nachts nicht einschlafen konnte und Schwester Kathrin mir Trost spendete, dann ging es mir gleich viel besser. Kein Wunder, dass die Schlaflosigkeit bei den Männern rapide zunahm, wenn sie Nachtschicht hatte ...

Dem Werner, dem war meine Nachtruhe natürlich völlig egal. Hauptsache er selbst hatte genug geratzt und war gut drauf. Aber wehe, wenn er ins Grübeln kam, über seinen Beruf und die Familie und so. Die meisten von uns hockten dann missmutig in der Ecke und redeten nicht viel. Er aber stöhnte rum ohne Ende und heulte in einer Tour vor sich hin. Er brach dann regelrecht zusammen. Was für ein Jammerlappen!

Aber jetzt, jetzt war es endlich soweit! Weil er so schlaff am Tisch saß, dass sein Kopf fast im Eintopf versank, überschritt seine Hand eindeutig die Grenze. Sie lag in meiner Zone, berührte meinen Teller. So, mein Lieber, Strafe muss sein. Thorsten Werner, du hast es so gewollt! Nachdem ich mich also lautstark über die harten Kartoffeln beschwert hatte, holte ich aus und ... war überrascht, dass überhaupt kein Geräusch entstand, als ich ihm mit aller Kraft meine Gabel in seine Hand rammte. Ein kurzer Widerstand nur, Haut, Muskeln, Knochen, was auch immer. Für einen Moment abstoßend, gruselig fast, aber dann, ganz plötzlich, war das gute Gefühl da. Das Blut spritzte bis auf meine Kartoffeln und in seinen Erbseneintopf, und ich sah mit Verwunderung, wie dessen blassgrüne Farbe an einigen Stellen doch tatsächlich zu einem dunklen Braun wechselte. Beinahe hätte ich wie ein kleiner Junge vor Begeisterung in die Hände geklatscht ...

Thorsten Werner allerdings, der fühlte sich nicht so toll. Jedenfalls schrie er rum wie am Spieß und riss sich die Gabel aus der Hand, was die Blutung aber noch verstärkte. Schwester Cordula, die unser Mittagessen begleitete, stürzte herbei, schnauzte Werner an, das Gebrüll einzustellen und stillzuhalten, riss das Erste-Hilfe Päckchen auf und legte ihm einen Notverband an. Ich wollte loslachen und jubeln, was für ein Feeling! Doch so dumm war ich natürlich nicht.

Also machte ich ein betroffenes Gesicht und rief: „Oh, Gott, oh Gott!" und „Mensch Thorsten! Das tut mir aber leid."

Etwas später, am Nachmittag, bestellte man mich ins Haupthaus hinüber, zum Rapport. Professor Lücker, Leiter der psychiatrischen Abteilung, erwartete mich. Er machte aber kein freundliches Gesicht wie gewöhnlich, sondern ein besorgtes. Ich erzählte ihm von den harten Kartoffeln und der abgerutschten Gabel, doch er zog die Stirn in Falten.

„Wir werden diesen Fall gründlich prüfen, momentan steht Ihr Wort gegen das von Herrn Werner. Eine bewusste Aggression Ihrerseits würde allerdings ernste Konsequenzen nach sich ziehen. Wir könnten Sie dann übermorgen noch nicht entlassen und müssten Sie im Wiederholungsfall sogar auf die Eins verlegen, in die geschlossene Abteilung."

Das wirst du nicht tun, mein Freund, dachte ich und war über diese klare Erkenntnis selbst verwundert. Morgen werde ich nämlich hier verduften. So lange man nicht in der Eins landete, durfte einen niemand festhalten. Ich konnte mich einfach abmelden und rausspazieren. Und der Professor würde mich nirgendwo mehr einweisen. Schon gar nicht in die Geschlossene. Da gehörte ich weiß Gott nicht hin!

Und außerdem hatte ich doch Irland gebucht. Übermorgen geht´s los, da hält mich keiner mehr auf!

Paula Kalinskis Kopf lugte durch den Türspalt von Hauptkommissar Benders Büro.

„Hömma, der Klaus besorgt uns Pizza, soll er dir auch watt mitbringen?"

„Aber sicha doch. Für mich wie imma: ´ne große Diavolo mit extra viel Knobi drauf."

Kalinski verzog das Gesicht. „Na ja, jedem datt Seine."

Sie hatte sich schon fast umgedreht, als sie innehielt und sich noch einmal Bender zuwandte.

„Übrigens, dieser Professor Lücker ist wieder aufgetaucht. Im wahrsten Sinne des Wortes. Man hat ihn aus der Ruhr gefischt. Ich hab der Ines Druck gemacht, wegen der Autopsie. Die war ganz schön stinkig. Sie hat wohl viel um die Ohren momentan. Auch privat und so. Wir würden ihr gehörig auf den Sack gehen, sagt sie, wenn sie einen hätte."

Bender lachte laut auf. „Ja, die Ines ist echt ein Spaßvogel, trotz der Leichenschnippselei."

Kalinski grinste. „Na, vielleicht gerade deswegen. Auf jeden Fall weist der Tote eine Stichverletzung auf – war aber kein Messer, so viel kann sie uns schon mal verraten."

„So, so, ´ne Stichwunde, aber kein Messer ... hat die Ines denn schon ´ne Idee?"

„Nee, da tappt sie noch im Dunkeln. Der Stich ist nicht sehr tief, sagt sie, auf keinen Fall die Todesursache."

Hier in Irland läuft´s richtig super. Die meisten Mitglieder unserer Reisegruppe scheinen nett zu sein, auch unsere Gruppenleiterin, die Mia. Eine sehr sympathische Frau, sportlicher Typ, Ende dreißig, würde ich schätzen. Sie lacht viel und kann gut zuhören. Der erste Tag hier war traumhaft schön, nicht nur wegen ihr ... Wir sind durch die Wicklow Mountains gewandert, ein Nationalpark südlich von Dublin, wunderschöne Gegend. Das Hotel am See ist auch prima. Nettes Personal, alles sehr sauber und sehr großzügig angelegt. Da bin ich doch angenehm überrascht. Sogar das Bett ist okay. Nur in der Nacht, das war schon ziemlich unangenehm, da bin ich schweißgebadet wachgeworden. Der Professor ist mir im Traum erschienen. Kein Wunder, nach dem, was passiert ist ...

Ich wusste ja, wo er langläuft, das hatte er mir selbst erzählt. In unserem Therapiegespräch über die vorteilhafte Wirkung von sportlicher Aktivität auf die menschliche Psyche. Bei der Gelegenheit hatte er mir dann auch gleich zu verstehen gegeben, was für ein toller Läufer er mal gewesen sei. Er schwafelte vom Köln-Marathon und dem Pokal, den er dort in seiner Altersklasse gewonnen hatte.

Und dann sagte er zu mir: „Ich mache jeden Tag meine Nordic-Walking-Runde. Von der Klinik zur Ruhr hinunter und wieder zurück. Immer um 18.oo Uhr. Ist ein fester Termin bei mir. Die sind ganz wichtig, feste Termine, die man einhalten muss." Schließlich beschrieb er mir noch seine Laufstrecke, wie anspruchsvoll sie sei, aber auch wie entspannend. So einsam an der Ruhr entlang, mitten in der Natur …

Dort habe ich dann am Abend nach unserem letzten Gespräch auf ihn gewartet. Er hätte mir eben nicht mit der Station eins drohen dürfen, das war nicht fair! Zwei Tage vor der Entlassung und meiner geplanten Irlandreise. Trotzdem hatte ich das nicht geplant … ihm den Walkingstock in die Brust zu rammen oder ihn in die Ruhr zu schubsen. Ich wollte ihm doch nur klarmachen, dass er mich am nächsten Tag gesundschreiben musste, so wie es vorgesehen war. Thorsten Werners Hand hin oder her. Doch als der Professor mich aus den Büschen kommen sah, blieb er einfach stehen, statt loszurennen. Ich hätte ihn doch niemals eingeholt. In meiner Verfassung. Doch er blieb auf dem Fleck und motzte mich an.

„Was haben Sie hier verloren? Spionieren Sie mir etwa nach? Das wird Konsequenzen haben!"

Was für ein Ton! So kannte ich den Herrn Professor ja gar nicht. So unfreundlich und wenig verständnisvoll. Tja, da sind mir wohl die Sicherungen durchgebrannt. Dabei wollte ich nur, dass er aufhört, mich anzuschnauzen. Ist doch kein guter Stil, schon gar nicht für einen Psychologen. Das machte mich richtig wütend! Ich entriss ihm also einen seiner Stöcke und stach zu, so wie ein Fechter. Er war überrascht und wehrte sich nicht, obwohl er doch so durchtrainiert wirkte. Dann aber schrie er los, ein Gebrüll als wollte er einen Grizzly vertreiben! Da habe ich ihm einen heftigen Hieb verpasst, er fiel rückwärts hin, rutschte am schlammigen Ufer aus, blickte mich mit weit aufgerissenen Augen an, bevor seine Beine einknickten und er von der Strömung erfasst wurde. Ich sah ihm noch nach, sah wie sein Kopf über der Wasseroberfläche tanzte, bis er hinter der nächsten Biegung verschwand...

In meinem Traum dagegen ist der Professor derjenige, der zusticht, überall ist Blut, dann falle ich ins Wasser, schlucke die braune Brühe, huste, schlucke, bekomme keine Luft mehr, sehe wie sich die Ruhr rot verfärbt, ein letzter Schrei ... plötzlich greift eine Hand nach mir und zieht mich aus dem Wasser: Klaus.

Er sitzt an meinem Bett und rüttelt mich wach.

„Mann, du hast ´nen Albtraum.“

Mein Zimmergenosse – das Doppelzimmer ist um Längen preiswerter – hat sich Sorgen gemacht. Der Klaus ist nämlich so ein Mitfühlender, der sich um jeden und alles kümmert. Ein netter Zug eigentlich, nur leider kümmert er sich auch um Mia, unsere Reiseleiterin. Dabei müsste er doch bemerkt haben, dass ich ein Auge auf die junge Frau geworfen habe. Schon am ersten Abend hat sie meine Einladung zum Guinness angenommen, wir haben uns super unterhalten. Ich glaube, sie findet mich auch sympathisch, mal sehen, was draus wird. Später kümmerte sie sich auch noch um die anderen, aber das fand ich ganz okay, das war doch sehr professionell von ihr.

Hauptwachmeister Bender war schon fast an Kalinski vorbeigerauscht, als er plötzlich stoppte, sich umdrehte und ihr nachrief: „Hey, Paula! Dem Müllner haben die tatsächlich noch zwei Wochen Urlaub bewilligt. Man munkelt, dass der seine Kur wegen Burnout verordnet bekommen hat. Was Genaueres habe ich nicht erfahren, wegen der Schweigepflicht und so. Allerdings soll er bei seinen letzten Verhören ganz schön zugelangt haben."

Kalinski ging auf Bender zu und zog ihn zur Seite.

„Das bleibt jetzt aber unter uns: Die Dienstaufsicht hat ihm die Kur zur Auflage gemacht, das hat er mir im Vertrauen erzählt. Wegen seiner Stimmungsschwankungen. Mal total cholerisch, dann wieder völlig antriebslos. Und wenn der Müllner wiederkommt, darf er erst mal für ein paar Monate Teilzeit machen – und das bei vollem Gehalt. Koschmann aus der Verwaltung hat mir das gesteckt."

Bender schüttelte den Kopf.

„Unglaublich so was! Andererseits - der Müllner ist ein verdammt guter Ermittler. Einen so erfahrenen Hund, den braucht man immer. Soll er sich von mir aus erst mal gründlich erholen. Ist ja schließlich schon über dreißig Jahre dabei, in dieser Knochenmühle."

Die junge Frau nickte zustimmend, dann warf sie ihre Mähne in einer kurzen, schwungvollen Bewegung nach hinten.

„Übrigens, die Ines sagt, der Prof ist ertrunken, das steht jetzt fest. Irgendjemand hat ihn – mit einem Walkingstock wahrscheinlich – aufgespießt und in die Ruhr befördert. Ich werd auf jeden Fall mal die Belegschaft und die Patienten checken, vielleicht ergibt sich da was."

Bender nickte ihr zu: „Schön wär's, wenn wir da einen Treffer landen würden. Bleib am Ball, Paula."

Heute sind wir die Steilküste entlanggewandert. Irland ist echt sehenswert! Einsame Inseln, Nationalparks und vor allem dieses tolle Panorama, ein wunderbarer Ausblick auf den Atlantik. Der Bus hat uns dann am vereinbarten Treffpunkt abgeholt und zurück ins Hotel nach *Lisdoonvarna* gebracht. Ist ein ganz kleiner Ort, nur ein paar Hundert Einwohner, noch so richtig urig. An der Rezeption hab ich mir eine Ansichtskarte gekauft, mit dem Hotel, dem Ort und der Steilküste vorne drauf, den *Cliffs of Moher*. Da werden die Kollegen aber Augen machen! Ach, die freuen sich bestimmt, 'ne echte Postkarte aus Irland. Kriegt man ja auch nicht alle Tage. Außerdem sollen die ruhig mitbekommen, dass es mir besser geht und ich schon bald wieder meinen Job machen kann. Ein bisschen freu ich mich sogar drauf.

„Hey, Paula, was machen deine Nachforschungen?"

Bender zupfte an den blonden Haaren seiner jungen Kollegin. Paula Kalinski schlug dem Hauptkommissar auf die Finger und grinste.

„Keine sexuelle Belästigung am Arbeitsplatz, Chef."

Dann wurde ihr Blick wieder ernst.

„Übrigens, die Klinik rückt die Daten nicht raus. Schweigepflicht und so weiter. Wir warten jetzt auf die Verfügung vom Staatsanwalt, damit wir Zugriff bekommen. Für die Patientenakten musst du mir aber noch jemanden zuteilen, sonst brauch ich Jahre dafür."

„Na, da will ich nicht schuld sein, wenn du deswegen in Frührente musst. Aber ich kann dich trösten: Der Müllner kommt nächste Woche zurück. Fürs Erste soll er sich allerdings noch schonen ... Mann, die haben vielleicht Ideen, die aus der Verwaltung! Gut, er könnte dich erstmal unterstützen und die Patientenkartei durchwühlen. Ist nicht spannend, aber einer muss das ja erledigen. Und wenn da irgendetwas faul ist, dann findet der Müllner das. Als Spurensucher ist der Mann unschlagbar, das sag ich dir."

„Okay, Chef. Der Müllner ist mein Mann. Der hat uns übrigens ´ne Ansichtskarte geschickt, die hab ich ans schwarze Brett gehängt. Da ist ´n schönes Bild drauf, von der Atlantikküste. Die Karte kommt aus Irland, irgend so ein uriger Ort ... also eigentlich ist es nur ein Dorf. Moment mal, ich hab´s mir extra aufgeschrieben."

Kalinski wühlte in ihren Taschen herum ...

„Ah, hier ist es ja. Noch nie gehört: *Lis...doon...var...na.* Komischer Name, keine Ahnung, wie sich das ausspricht. Sieht jedenfalls ganz nett da aus, wenn man nach der Karte geht. Aber Hauptsache, der Müllner ist gut erholt, wenn er zurückkommt. Dann kann er sich gleich in den Fall von Professor Lücker und in die Patientenkartei stürzen."

Ein guter Jahrgang

Paul Steinbeck lauschte dem Trommeln der Tropfen auf der Fensterbank. Er mochte es, wenn es in Strömen regnete und tagsüber dunkel blieb. Ein Zustand, der nichts von ihm forderte, kein Nachdenken, keine Veränderung, keine Initiative zu irgendetwas. Mit den Augen verfolgte er die einzelnen Regentropfen, die wie spielende Kinder aufeinanderzuliefen. Welcher Tag war heute? Dienstag? Oder schon Mittwoch? Er wusste es nicht. Im Morgengrauen hatte er kurz geduscht und sich einen Kaffee gekocht. Die Tageszeitung hochgeholt, den Müll runtergebracht und die Nachbarin von nebenan wieder einmal nicht gegrüßt.

Beliebt war er hier nie gewesen, ganz im Gegensatz zu Annemarie. Aber den freundlichen Umgang mit den Nachbarn hatte er seiner Ehefrau ja nicht verbieten können. Ansonsten hatte sie sich doch brav nach seinen Bedürfnissen gerichtet. Über dreißig Jahre lang, ohne aufzumucken. Bis sie eines Tages plötzlich „Nein" sagte. Aus heiterem Himmel. Dabei hatte er seine Frau nur angewiesen, den gelben Sack hinunterzutragen. Der sollte doch am nächsten Morgen abgeholt werden. Und nun sagte sie einfach „Nein" und ließ den Müll stehen. Aber das war erst der Anfang. Denn Anne begann Ansprüche zu stellen. Auf einmal sollte er sich an der Hausarbeit beteiligen. Seine Schmutzwäsche sortieren und Staubsaugen. Das selbstgemachte Püree gab es nur noch, wenn er zuvor die Kartoffeln geschält hatte. Und Anne verlangte auf einmal Zeit. Zeit für sich selbst, wie sie sagte. So ein Unsinn! Ihr Leben war doch ausgefüllt. Wieso forderte sie auf einmal Aufmerksamkeit und Zuwendung von ihm? Was sollte das? Sie hatten doch all die Jahre eine gute Ehe geführt. Und nun? Mit einem Mal wurde ihre Beziehung ungemütlich, ja, regelrecht anstrengend. Und immer öfter ertappte er sich dabei, dass er über eine Trennung nachdachte. Allerdings wäre eine Scheidung für Steinbeck nicht infrage gekommen. Und so hatte er damit begonnen, über eine Alternative nachzudenken und zu grübeln, bis er eines Tages ...

In der letzten Abendsonne auf dem Balkon, ein lauer Sommertag neigte sich dem Ende zu, da hatte er Annemarie überrascht und ihr angeboten, sich gemeinsam den *Musikantenstadl* anzusehen und dabei ein Gläschen Wein zu trinken. Obwohl er sich bis dahin weder für ihre edlen Trauben noch für Volksmusik interessiert hatte. Weil er sich lieber Actionfilme oder die Bundesliga ansah. Und sich dabei gerne ein kühles Pils gönnte. Aber natürlich wusste er, dass sich seine

Anne nach solch gemütlichen Fernsehabenden mit ihm sehnte. „Dass wir zusammen meine Sendung gucken und Wein dabei trinken, nach all den Jahren. Ach, Paul."

Anne hatte ihn umarmt, aber nur für einen kurzen Augenblick. „Das ist fast wie ein kleines Wunder."

In ihren Augen hatte sich ein feuchter Schimmer gespiegelt.

„Zur Feier des Tages spendier ich uns einen ganz besonderen Jahrgang."

„Das klingt verlockend, Anne. Dann machen wir uns einen richtig gemütlichen Abend."

Paul hatte sanft ihre Hand gestreichelt.

„Ach, übrigens, ich hatte dir doch eine Überraschung versprochen. Die erwartet dich im Keller. Als du beim Seniorentreffen warst, da hab ich nämlich die schäbigen Wände gestrichen, über die du immer so geschimpft hast."

Seine Frau hatte ihn mit großen Augen angesehen.

„Mein Gott, Paul. Ich erkenn dich gar nicht wieder. Du bist so ... so entgegenkommend in letzter Zeit. Ich glaube, jetzt wird doch noch alles gut."

„Ja, alles wird gut", hatte er zugestimmt und ihr dabei leicht auf die Schulter geklopft. Anne hatte gelächelt und ihre Hausjacke übergestreift, war in den Keller gegangen – und nie wieder gekommen ...

Ja, alle vermissten sie, seine Annemarie, die gute Seele. Steinbeck hatte anfangs geglaubt, es würde ihm nichts ausmachen. Endlich war er sein eigener Herr. Endlich konnte er so lange in seiner Stammkneipe hocken, wie er wollte, und musste sich keine Vorwürfe anhören, dass ein mühsam zubereitetes Essen wieder mal kalt geworden war. Dabei hatte es ihm bei Anne immer gut geschmeckt. Wenn er nur an den köstlichen Sauerbraten dachte ... den Duft hatte er förmlich noch in der Nase. Oder ihr Gulasch mit Spätzle, mh, nur bei dem Gedanken lief ihm schon das Wasser im Mund zusammen! Auswärts schmeckte es eben nur halb so gut - kostete aber dreimal so viel. Auch die Hausarbeit nervte ihn. Waschen, kochen, putzen, was für ein Gedöns! Außerdem hatte er sich über die Jahre daran gewöhnt, dass er zu Hause erwartet wurde. In etwa so, wie man sich an einen Hund gewöhnt, der einen freudig schwanzwedelnd begrüßt. Sollte er sich einen Hund zulegen? Aber mit dem konnte man ja nicht einmal ein paar Worte wechseln, so wie mit seiner Anne. Selbst wenn es keine freundliche Worte gewesen waren. Steinbeck seufzte. Er musste sich wohl eingestehen, dass auch er seine Frau ein wenig vermisste.

Nach ihrem Treppensturz hatte sie noch wochenlang im Koma gelegen – und erst jetzt das Zeitliche gesegnet. So eine Quälerei hatte seine Anne wirklich nicht verdient. Und er auch nicht! Diese ständige Ungewissheit. Würde sie wieder aufwachen? Und an was würde sie sich erinnern? Nun, jetzt war es endlich überstanden. Und demnächst gab es noch ein kleines Trostpflaster für ihn. Wegen der üblichen Formalitäten würde die Abwicklung der Lebensversicherung noch etwas dauern, aber dann ... Paul Steinbeck lächelte. Der Verlust seiner Ehefrau hatte auch seine guten Seiten, zumindest finanziell gesehen.

„Bin ich hier richtig, ich suche Herrn Wüstenfeld?" Steinbeck linste durch den Türspalt in das Büro. Er hatte draußen nachgesehen, es war der Raum 185. Sie hatten es gründlich besprochen, Nobby und er. Den Ort, die Uhrzeit, und den Zweck seines Erscheinens. Nämlich die Abwicklung von Annes Versicherungspolice. Aber jetzt saß da plötzlich jemand anderes in seinem Büro.

„Ich habe einen Termin für 16.00 Uhr, Paul Steinbeck ist mein Name."

„Ach ja, natürlich. Kommen Sie nur herein, Herr Steinbeck. Der Herr Wüstenfeld ist leider verhindert, ich vertrete ihn. Mein Name ist Bernd Holler, Versicherungsfachmann, ich bin für den Bereich Anspruchsprüfung und Leistungsbewilligung zuständig."

Zögernd erwiderte Steinbeck den kräftigen Händedruck des jungen Mannes, der sich erhoben hatte.

„Mein aufrichtiges Beileid Herr Steinbeck, auch im Namen der Corona Gold Versicherung. Und vielen Dank dafür, dass Sie sich trotz der Umstände die Zeit genommen haben. Wie ich sehe, liegen uns Ihre persönlichen Angaben vor, einschließlich der Kontodaten. Wir klären noch ein paar Details, dann können wir Ihnen das Geld überweisen."

Steinbeck nickte zustimmend, blickte aber skeptisch. Was gab es denn jetzt noch zu klären? Und warum hatte Nobby ihn nicht darüber informiert, dass ein Kollege den Fall übernehmen würde? Steinbeck kannte Norbert Wüstenfeld schon aus seinen Kindheitstagen, sie hatte jahrelang im gleichen Fußballverein gespielt. Im FC Bochum-Wiemelhausen, er in der Abwehr, Nobby im Mittelfeld. Ein gutes Gespann. Viel später, als Norbert Wüstenfeld einen Job bei der Corona Gold Versicherung bekam, war er auch derjenige gewesen, der Paul eine Kapital-Lebensversicherung für sich und seine Anne empfohlen und vermittelt hatte. „Eine sinnvolle Investition in die Zukunft", wie er sich damals ausgedrückt hatte. Und obwohl ein Meniskusschaden Paul Steinbecks aktiver Fußballerkarriere ein frühzeitiges Ende bescherte, behielt er weiterhin Kontakt zu Nobby und den anderen Kameraden. Regelmäßig trafen sie sich im Altenbochumer Hof, um bei einem frischgezapftem Fiege Pils über die alten Zeiten zu plaudern oder sich gemeinsam im Pay TV die Bundesligaspiele anzusehen...

Bernd Holler räusperte sich.

„Herr Steinbeck? Können wir die Fakten noch einmal kurz durchgehen?"

„Ja, sicher."

Davon hatte Nobby nichts erwähnt. *Fakten durchgehen.* Er hatte doch nur von Formalitäten gesprochen und von einer Unterschrift. Dann stünde der Auszahlung nichts mehr im Wege. Das waren doch seine Worte gewesen ...

„Gut, beginnen wir. Ihre verstorbene Ehefrau ist laut Polizeibericht am 12. August dieses Jahres gegen etwa 20.30 Uhr auf der Kellertreppe gestürzt. Wahrscheinlich war ihr schwindelig geworden, vom Geruch der frischen Farbe. Sie war hinuntergegangen, um eine Flasche Wein heraufzuholen."

„Ja, das hab ich doch schon bei der Polizei ausgesagt. Anne wollte uns ein Fläschchen spendieren, einen ganz besonderen Jahrgang. Für unseren gemütlichen Fernsehabend, wie gewöhnlich."

„Okay. Fernsehabend ... und eine ... Flasche Wein, wie gewöhnlich. Das trage ich hier in diesen Vordruck ein, ist das übliche Prozedere, nur eine Formalität."

„Ja, ja, die Bürokratie. Aber bei der Summe muss alles seine Ordnung haben, woll? Zweihundertfünfzigtausend Euro ..."

Für einen Moment wandte sich Steinbeck dem Sandstrand mit Palmen und Sonnenuntergang auf dem Poster an der Wand zu und ließ das Bild vor seinen Augen zur Realität werden. Er spürte den sanften Wind auf seiner Haut und konnte sogar das gleichmäßige Meeresrauschen hören...

„Ach, Herr Steinbeck, da fällt mir noch was ein. Hätte man nicht erwarten können, dass Sie in den Keller gehen anstelle Ihrer Frau?"

„Ja, das wäre natürlich auch möglich gewesen. Aber die Anne ist ... ach, sie war ...", Steinbeck seufzte, „sie war ja noch gut zu Fuß und mit ihrem Wein, da war sie immer so ein bisschen pingelig. Sie hat wohl befürchtet, dass ich ihre Sortierung durcheinanderbringe."

„Apropos *Sortierung*. Laut Polizeibericht lagerten im Regal Ihrer Frau über vierzig Flaschen Wein. Alles feine Tropfen, sehr edel und teuer. Erinnern Sie sich vielleicht noch, welche Sorte Sie an diesem Abend trinken wollten?"

„Wie? Die Weinsorte? Das weiß ich doch jetzt nicht mehr. Anne wollte uns jedenfalls was Gutes spendieren. Aber was soll die Frage? Ist doch schon alles geklärt, denk ich."

„Ja, Herr Steinbeck, diese Fragebögen sind lästig, aber leider so vorgeschrieben. Nun, Sie sagten, ich zitiere: ‚für unseren gemütlichen Fernsehabend, wie gewöhnlich'. Sollten Sie nach so vielen Jahren nicht etwas mehr über die Herkunft der Trauben wissen? Wollte Ihre Frau Ihnen vielleicht den Chardonnay kredenzen? Einen Merlot? Oder etwa den Lambrusco, Jahrgang 98?"

Steinbeck legte seine Stirn in Falten, er schien angestrengt nachzudenken.

„Na, Sie stellen vielleicht Fragen. Aber gut, wenn ich mich recht erinnere ... ja, ich glaube, der war's. Der Lam... der Lambusko. Ach, wenn ich doch nur selber in den Keller gegangen wär, meine Anne ...", der Witwer schnüffelte ein wenig, er schien den Tränen nah.

„Sie haben mein ganzes Mitgefühl. Ein wirklich schwerer Schicksalsschlag, der Sie getroffen hat, weiß Gott. Ich hoffe, wir können unser Gespräch noch zu Ende führen? Oder sollen wir es lieber vertagen?"

„Ach nee, geht schon wieder. Aber nach so langer Zeit, wir haben uns ja immer noch geliebt, meine Anne und ich." Steinbeck senkte den Blick und seufzte.

„Das ist doch eine sehr schöne, eine bleibende Erinnerung. So sollten Sie immer an Ihre Ehegattin zurückdenken. Gut, jetzt haben wir es aber gleich geschafft. Noch zwei, drei Fragen und das war's dann."

„Ja, bringen wir das mal endlich hinter uns."

„Laut Protokoll haben Sie Ihre Frau erst in den Morgenstunden im Keller entdeckt, weil Sie vor dem Fernseher eingeschlafen waren."

„Ach, Gott, ja, furchtbar." Steinbeck schluckte, ihm schien die Stimme zu versagen.

„Lassen Sie sich Zeit, es eilt nicht."

„Kerl, ich mach mir solche Vorwürfe deswegen. Aber als meine Frau in den Keller ging, lief gerade Werbung und da hab ich einfach mal den Ton ausgeschaltet. Ich war wohl auch ziemlich erschöpft vom Streichen und müde von den zwei, drei Bierchen, die ich mir genehmigt hatte. Da muss ich wohl eingeschlafen sein."

„Sie hatten schon Bier getrunken?"

„Na ja, bei der Arbeit im Keller. War doch 'ne ziemliche Maloche, das Streichen der Wände. Dabei hab ich mir die Bundesliga im Radio angehört. Und zum Fußball passt eben nur Bier, mein ich."

„Mmh ... ", Holler runzelte die Stirn.

„Wir haben uns ein wenig erkundigt, Herr Steinbeck. Über Ihren Alltag, Ihre Gewohnheiten und so weiter. Wir wissen zum Beispiel, dass Sie in Ihrer Stammkneipe seit Jahren nur Bier und Schnaps trinken, ein Schoppen Wein war noch nie dabei."

Für einen Moment blieb Steinbecks Mund offenstehen, dann beugte sich vor und stieß hektisch mit dem Zeigefinger nach seinem Gegenüber.

„In meiner Stammkneipe, da haben Sie rumgefragt? Was soll denn das? Spionieren Sie mir etwa nach?!"

Bernd Holler zögerte, er schien nach einer passenden Antwort zu suchen. Dann lehnte er sich zurück und verschränkte in aller Ruhe seine Arme.

„Ehrlich gesagt, ich persönlich mach so etwas nicht. Obwohl ich ein Fan von James Bond und Sherlock Holmes bin. Aber für solche Fälle beauftragt die Corona Gold einen erfahrenen Ermittler."

Steinbeck räusperte sich. Er musste sich wieder fangen. Bloß nicht die Nerven verlieren. Die konnten ihm nichts, rein gar nichts. War doch von ihm alles präzise geplant worden und bis dahin auch gut gelaufen ...

In den Tagen vor ihrem Sturz war er etwas freundlicher zu seiner Annemarie gewesen, damit sie an diesem Abend keinen Verdacht schöpfte. Seine Idee mit dem Streichen der Wände, genial! So hatte er einen Grund gehabt, den Keller zu verschließen, und konnte auch verhindern, dass sie womöglich zu früh hinunterging. Der Zeitplan musste schließlich eingehalten werden. Nur auf diese Weise konnte er glaubwürdig machen, warum er sie erst Stunden später gefunden hatte. Obwohl sie da immer noch lebte, das zähe Luder ...

Gegen vier Uhr morgens rief er schließlich den Notarzt. Sie hatte kaum noch Puls, war unterkühlt und hatte eine Menge Blut verloren. Wenn sie es überleben sollte ... die Ursache für den Treppensturz hatte sie bestimmt nicht mitbekommen. Und dass diese Pfeifen von der Polizei den Farbgeruch für den Grund einer Kreislaufschwäche hielten, die zu ihrem Sturz geführt haben sollte ... etwas Besseres konnte ihm doch gar nicht passieren! Die Spuren hatte er schließlich gründlich beseitigt. Den Draht weggeworfen. Ebenso den Bohreinsatz. Dann den Staub entfernt und die Löcher verfüllt. Das Einzige, was noch übriggeblieben war: ein Stahlhaken. So gut wie neu, der hatte sich kaum verbogen. Ein Euro neunundvierzig, das gute Stück, frisch aus dem Baumarkt. Den konnte man noch prima verwenden. Er hatte ihn später in die Werkzeugkiste zu den anderen Nägeln und Schrauben geworfen.

„Hallo ... Herr Steinbeck? Können wir weitermachen oder benötigen Sie eine Pause?"

„Nein, nein, es geht schon. Sie haben mich nur etwas durcheinandergebracht. Also, Wein trinke ich grundsätzlich nur zu Hause, ist doch viel preiswerter. Und auch gemütlicher als in der Kneipe. Nur abends trink ich den, zusammen mit meiner Anne. Also früher, jetzt nicht mehr ... das wird mir so fehlen."
Steinbeck schniefte ein wenig.

„Schön, das hätten wir geklärt. Da wäre dann nur noch die Sache mit den Fotos."

„Fotos? Welche Fotos?"

„Mann, was reden Sie denn da? Ein Draht, ein Draht
... so ein Blödsinn! Der Fall ist doch längst abgeschlossen. Morgen wird meine Anne beerdigt, und Sie kommen mir jetzt mit solchen Schauergeschichten. Sie sollten sich was schämen!"

Steinbeck kramte ein Tempotuch hervor und schnäuzte sich lautstark die Nase. Er musste unbedingt Zeit gewinnen. Sich neu sammeln. Wieso benahm sich dieser Versicherungsheini so merkwürdig?

Als ob er von der Kripo wäre ...

Das seien *bloß Formalitäten*, hatte Nobby gesagt, nur eine einzige Unterschrift, hatte er gesagt. Verdammt, wie waren die bloß auf den Draht gekommen? Das mit den Fotos klang doch ziemlich abenteuerlich. Er erinnerte sich nur daran, mit den Jungs in der Kneipe über einen Draht gesprochen zu haben, aber natürlich nicht als Stolperfalle für seine Anne, sondern zum Abstützen eines Baumes. Er hatte seine Fußballkameraden doch nur um Rat gefragt, wie man es am besten anstellen sollte, einen krummgewachsenen, kleinen Baum so mit Draht zu sichern, dass er nicht eines Tages umkippte. Dicke des Drahtes, mögliche Fixierung im Gemäuer, welche Sorte Stahlhaken. So was eben. Darüber hatten sie diskutiert, er, Nobby und die anderen Kumpel. Aber wer sollte denn bei so einem Thema Verdacht geschöpft und ihn angeschwärzt haben? Und wenn, warum dann bei der Versicherung und nicht bei der Kripo? Verdammt nochmal, irgendetwas lief hier schief, trotzdem ... er durfte sich jetzt nicht verunsichern lassen ...

Steinbeck holte tief Luft und richtete sich auf.

„Kann gut möglich sein, dass die Anne sich bei der Gartenarbeit verletzt hat. Im Gemüsebeet und bei den Blumen gibt´s immer einiges zu fixieren, da verwenden wir auch schon mal Draht."

„Ja, das ist *Ihre* Darstellung, aber wir beurteilen das etwas anders. Also, der Stand der Dinge ist zurzeit der: Die Beerdigung ihrer Frau wird vorläufig verschoben. Die Spurensicherung wird sich noch einmal Ihre Kellertreppe vornehmen. Und dabei wahrscheinlich zwei frisch aufgebohrte und verputzte Löcher in der Wand entdecken. Auf den Stufen womöglich noch kleine Partikel eines Drahtes. Vielleicht finden sie ihn sogar selbst, diesen Draht, den Sie dort gespannt hatten oder etwas von dem Zubehör, einen Nagel oder irgendetwas Ähnliches."

Steinbeck runzelte die Stirn und starrte sein Gegenüber mit einem durchbohrenden Blick an.

„Das ist ... also, unglaublich ist das, diese Anschuldigung. Eine Unverschämtheit! Ich weiß gar nicht, wovon Sie da reden!"

„Sie wissen es, da bin ich mir sicher."

Steinbecks Wangen röteten sich, sein Gesicht wurde von Falten verzerrt.

„Sie armseliges Würstchen, Sie! Sie halten sich wohl für besonders schlau, was?"

Steinbeck verschluckte sich, hustete, keuchte. Ein Spuckefaden blieb an seinem Kinn hängen.

„Mir können Sie gar nichts nachweisen, aber so gar nichts." Er wischte sich mit zitternder Hand die Spucke aus dem Gesicht.

Der Versicherungsfachmann sah Steinbeck eine Weile schweigend an, dann lächelte er plötzlich.

„Ich zitiere mal aus unserem Protokoll. *Ja, ich glaube, der war's. Der Lambusko ...* Mein Gott, Lambrusco gibt's beim Discounter, aber bestimmt nicht im Weinregal Ihrer Frau. Schon gar nicht einen 98er."

Steinbeck bemühte sich, gelassen zu wirken, doch seine Fingerspitzen trommelten auf dem Tisch herum.

„Kerl inne Kiste! Von Wein habe ich überhaupt keine Ahnung. Ich trink ihn nur. Jahrgang und so was, das interessiert mich nicht, Hauptsache, er schmeckt. Wenn Ihnen das verdächtig erscheint, von mir aus. Und damit ist unser Gespräch für mich beendet."

„Okay, so weit sind wir ja auch durch mit dem Formular. Sehen Sie, Herr Steinbeck, mir persönlich geht es nur darum, dass alles seine Ordnung hat. Ich werde mich hüten, ein Urteil über Sie zu fällen. Die Corona Gold wartet jetzt erst mal ab, was die Kripo ermittelt. Gut möglich, dass die schon mit einem Durchsuchungsbefehl vor Ihrer Haustür steht. Aber vielleicht kommt man ja zu der Erkenntnis, dass Sie unschuldig sind. Jedenfalls wird die Versicherungssumme vorläufig auf einem Sperrkonto geparkt, bis alles geklärt ist. Sie müssten dann hier noch unterschreiben, damit Sie später darauf zugreifen könnten. Zweimal, bitte ...“

Die roten Flecken in Steinbecks Gesicht hatten sich aufgelöst, zurück blieb nur noch ein fahles Grau. Als er zum Kugelschreiber griff, spürte er, dass seine Hand feucht geworden war und zitterte. Der Typ von der Versicherung hatte womöglich recht, und sie waren ihm auf der Spur. Dieser blöde Stahlhaken! Den er in die Werkzeugkiste geworfen hatte, nur um ein paar Cent zu sparen. Einen Euro neunundvierzig, um genau zu sein. Na gut, war jetzt nicht mehr zu ändern ...
Das Einfachste wäre jetzt wohl gleich den Castroper Hellweg hoch direkt zur Auffahrt. Von da war's doch nur ein Katzensprung über die B1 bis zum Dortmunder Flughafen. Dort am Automaten kurz das Konto plündern und dann ab in den nächsten Flieger nach Barcelona! Von da inkognito mit dem Schiff rüber nach Mallorca und ab durch die Mitte. Genauer gesagt: Bis zu seinem Häuschen bei Alcúdia. Eine steuergünstige Immobilie, von der seine Anne nichts gewusst hatte.

Über ein Schweizer Bankkonto finanziert und damit nicht zurückzuverfolgen. Da sollte ihn die Kripo erst mal finden. Oder aber... er würde nach Bochum-Weitmar fahren und vor seinem Haus mal nachsehen. Ob ihn die Kripo wirklich schon erwartete. Falls nicht, dann schnell das Nötigste zusammenpacken und ab zum Flugplatz. Ja, so würde er es machen ...

Als Steinbeck das Büro verlassen hatte, wuchtete Bernd Holler seine Beine auf den Tisch. Mit den Fingerspitzen nahm er das Dokument in die Hand und versuchte es ein wenig glatt zu streichen, weil es von Steinbecks feuchten Händen an einigen Stellen wellig geworden war. Er betrachtete es schmunzelnd und summte dabei leise vor sich hin: „Es gibt kein Bier auf Hawaii, es gibt kein Bier ... " Dann schob er Steinbecks Kontovollmacht vorsichtig in eine Klarsichthülle, zog eine Schublade auf und tauschte es dort gegen einen Reiseprospekt. *Tropische Nächte - Kreuzfahrten der Karibik*. Er vertiefte sich in die Konditionen für die Luxussuiten.

Geraume Zeit später, draußen dämmerte es bereits, dudelte sein Smartphone.
„Hallo Nobby, alter Schwede! Was sagst du... sprich doch mal lauter! Was ... der Steinbeck hat's echt ge-

schluckt? Er packt tatsächlich? Ja, super! Das nenn ich mal einen überstürzten Aufbruch."

Holler lauschte dem quäkenden Kommentar seines Partners und grinste dabei.

„Ja, ja, das mit dem überteuerten Schnaps nehm ich gerne zurück. War ´ne gute Entscheidung von dir, Steinbeck mit dem besten Cognac zu beglücken. Sonst hätte er dir sicher nicht von seinem Häuschen auf Mallorca erzählt. Und die Fotos, die du heimlich in seinem Keller gemacht hast, die waren auch Gold wert ... Was, du musst Schluss machen? Aha, Richtung Autobahn. Gut, dann bleib am Ball und melde dich, sobald er seinen Flieger genommen hat. Die Vollmacht für das Konto hat er jedenfalls zweifach unterschrieben."

Bernd Hollers Grinsen wurde noch breiter.

„Okay. Ich werd dann gleich mal online buchen, wie besprochen. Sechs Wochen in der Karibik, zwei Luxussuiten ... Ja danke, dir auch. Ich stell uns schon mal den Schampus kalt, bis nachher Nobby, Aloha!"

Grundsätzlich männlich

Es ist vorbei... sagte sie sich, alles wird gut.

Marie Steinhoff blickte mit großen Augen auf ihre zitternden Hände und lauschte ihrem Atem. Ihre Wahrnehmungen waren viel intensiver als sonst . Sie saß auf dem alten hölzernen Hocker, dessen eigentliche Aufgabe darin bestand, die Zeitungen der letzten Tage zu tragen. Als sie bemerkt hatte, wie ihre Beine weich wurden, hatte sie den Packen heruntergefegt, einfach so, mitten auf den Küchenboden. Der Hocker war ihre letzte Rettung gewesen ...

Das Karussell in ihrem Kopf drehte sich nun langsamer, doch eine leichte Übelkeit blieb. Kein Wunder bei diesem Anblick: Blutspritzer, Haut und Haare, ein eingeschlagener Schädel. Oder wie auch immer man diese Überreste nennen sollte. Schwarzrote Pampe. An der Wand. Am Küchenboden. Und an der Pfanne. Antihaftbeschichtet, aber leider nur von innen. Eine *Gourmet 3000*, zwei Kilo schweres Gusseisen. Die hatte sie mit ihrer beidhändigen Vorhand ins Ziel gewuchtet. Da hatte sich ihr letztjähriger Tenniskurs doch noch ausgezahlt. Nur die notwendige Fitness, die fehlte ihr. Schon jetzt spürte sie die Verspannungen, die sich in ihrem Schultergürtel breitmachten. Morgen früh würde es höllisch wehtun. Egal, den Matchball hatte sie eiskalt verwandelt. Es hatte nur diese eine Chance gegeben, und die hatte sie genutzt. War doch selbst schuld, der Kerl, was schlich er auch nachts in ihrer Küche herum? Er hatte hier doch nichts verloren, in ihrer Wohnung. Und als ungebetener Gast durfte man sich nicht wundern, wenn man ordentlich was auf die Rübe bekam.

In den letzten Tagen hatte sie dieser eine Gedanke, dieses Gefühl immer wieder eingeholt: *Jemand beobachtet dich.* Und obwohl es ihr selbst lächerlich erschien, hatte sie überall nachgesehen. Hinter dem Duschvorhang, im Kleiderschrank, in der Abstellkammer, ja sogar unter dem Bett. Nichts, außer ein paar Staubflocken. Um sich von ihrer fixen Idee abzulenken, schaltete sie das Radio oder den Fernseher an, ließ bis in die Nacht hinein das Licht brennen und achtete darauf, dass alle Vorhänge zugezogen waren. Um dann, kurz darauf, einen von ihnen, ein kleines Stück zur Seite zu schieben, damit das ältere Ehepaar von gegenüber ihre Wohnung ein bisschen im Auge behalten konnte. Im Flur installierte sie sogar eine Kindernotleuchte, damit es dort nachts nicht mehr so stockfinster war. Sie versuchte, sich Mut zu machen.

Marie Steinhoff, seit wann siehst du Gespenster? Du bist doch kein kleines Mädchen mehr, sondern eine erwachsene Frau und außerdem die stellvertretende Abteilungsleiterin der Birnbaum und Co. GmbH. Schäm dich!

Doch ihre Unsicherheit blieb. Es war, als ob ein Geist sie verfolgen würde. Die langgezogenen Flure, das Geräumige, die Stille, all das, was sie sonst an ihrer Penthousewohnung so geliebt hatte, wurde mit einem Mal unheimlich. Die Geborgenheit, die sie sonst in ihren eigenen vier Wänden empfunden hatte, die gab es nicht mehr.

In dieser Nacht hatte sie schlecht geträumt, sich herumgewälzt und wiederholt wach gelegen. Schließlich rappelte sie sich auf und schlurfte ins Badezimmer. Dieser eine Gang ließ sich nicht vermeiden. Außerdem hatte sie einen trockenen Hals und ordentlich Durst. Sie füllte etwas Leitungswasser in den Zahnputzbecher, setzte ihn gierig an die Lippen ... und spuckte das Meiste wieder aus! Bäh, was für eine Plörre! Extra dry und frisch, wahrscheinlich direkt aus der Ruhr. Ihr blieb keine Wahl, wenn sie sich einen Schluck Mineralwasser gönnen wollte, musste sie wohl oder übel zur Küche hinüberwanken. Als sie dort ankam und auf den Lichtschalter drückte, zuckte sie zusammen. Für einen Moment hielt sie die Luft an, ihr Herz schien stehen zu bleiben! Da saß der Bursche, und zeigte sich ganz ungeniert. So ein Mistkerl! Dass der Eindringling eine männliche Kreatur war, stand außer Zweifel. Reste eines dunklen Körpers mit übermäßig stark behaarten Beinen deuteten zweifellos daraufhin. Gut, dass er so unsympathisch rüberkam. Da musste sie wirklich kein schlechtes Gewissen haben ...

Von unten hatte jemand an die Decke geklopft. Verständlich, drei Uhr in der Frühe und dann dieser Lärm. Zuerst die Gourmet-Pfanne, die mit einem dumpfen Ton ihr Ziel traf und fast noch im selben Moment mit hallendem Echo vor die Wand prallte. Und dann ... dieser Schrei. Ihr Schrei. In den sie alles hineingelegt hatte, ihre Angst, ihre Wut, das Sich-selber-Mut-Machen. Sollte sie nun Alarm schlagen? Jetzt, mitten in der Nacht? Eigentlich war doch der Käse gegessen, der Drops gelutscht. Im anderen Fall würde eine übermüdete Spezialeinheit in ihrer Wohnung herumtrampeln und alles durcheinanderbringen. Die Überbleibsel sorgfältig einsammeln und rätseln, wer oder was dieser Brei mal gewesen war. Womöglich würde man ihr sogar Vorwürfe machen. Diese Kaltschnäuzigkeit, mit der sie vorgegangen war. Die sinnlose Gewalt, das hätte man doch anders regeln können. Nein, danke, darauf hatte sie wirklich keinen Bock! Diese matschigen Überreste sollte sie wohl besser selbst entsorgen. Unauffällig und ohne großes Bohei. Aber im Moment hielt sie Abstand, denn das Opfer, also das, was von ihm noch übrig war, sah ziemlich unappetitlich aus. Die Vorstellung, diese Überbleibsel mit den Händen zu berühren ... pfui, Teufel! Schnell wandte sie sich wieder ab. Das Beste wäre wohl, in aller Herrgottsfrühe Klara anzurufen, damit die das in die Hand nahm. Die geplante „Südseeparty" war schließlich auch auf ihrem Mist gewachsen, mit all dem Pipapo drumherum. Zum Beispiel dem angemieteten Festsaal in der Kneipe *Zum Ruhrufer*. Inklusive Gartenterrasse mit Blick auf die Ruhr. Na super! Graubraune Brühe statt türkisfarbener Pazifik ...

„Ist doch schnuppe, man muss nur eine sinnliche Atmosphäre schaffen", hatte Klara auf Maries Bedenken erwidert. „Alles nur ´ne Frage der Logistik."

Tja, und das schien ganz einfach zu sein, man benötigte dafür nur die passenden Zutaten: einen künstlichen Palmenstrand, Bikinis, Cocktails, Kiffermusik und natürlich – coole Männer. Vor allem coole Männer. Braungebrannt und muskulös. Eloquent und aufmerksam. Aber wo sollten die herkommen? Bestimmt nicht aus ihrer Abteilung! Etwa Klaus Hagedorn, dieser schwitzende Fleischklops aus dem Büro nebenan? Der sich beim Mittagessen in der Kantine immer so an den Tisch setzte, dass er seinem weiblichen Gegenüber in den Ausschnitt glotzen konnte. Oder etwa Bernd Becker aus der Verwaltung? Dieser dünne Hering mit seinen dämlichen Blondinenwitzen. Wenn man sich diese beiden Mannsbilder in Hawaiihemden und hautengen Bermudashorts vorstellte – Halloween ließ grüßen!

Die Kiste mit den Bananen hatte Klara dann auf dem Großmarkt besorgt, angeblich zum Freundschaftspreis. Ebenso Apfelsinen, Ananas und Kokosnüsse. Und nicht zu vergessen, den Stoff für die gute Laune: Curacao Blue, Batida de Coco, Wodka, Whiskey, weißen Rum ... die Liste nahm kein Ende. Die Getränke wurden vom Supermarkt angeliefert, und zwar an Maries Adresse. Ebenso das Obst, das brachte Klara sogar höchstpersönlich vorbei. Weil sie doch zu Hause keinen Platz dafür hatte, mit ihrem Gatten, den drei Kindern, der Oma, einem Meerschweinchen und dem Hund. Einem durchgeknallten Bordercollie, der, wie sie sich ausdrückte, mindestens für drei weitere Kids zählte. Marie hatte dann Klaras Bananenkiste in ihrem Vorratsschrank zwischengelagert, und ohne Zweifel hatte sich unser Mr. Nobody damit hereingeschmuggelt. Um sich dann lautlos in ihrer Wohnung auf die Jagd zu machen ... Auf die Jagd nach – ja, nach was eigentlich? Große Beute, Fehlanzeige. Ein einsames Silberfischchen vielleicht. Tja, Designerküche statt Urwald, dumm gelaufen! Hätte sich besser jemanden ohne Spinnenphobie ausgesucht, das blöde Vieh!

Zombiekeller

Unsere Kellertreppe ist schmal und steil – wie in einem dieser alten Häuschen an den Amsterdamer Grachten. Genug Platz für zwei Schlanke, aber sicher nicht für einen wie mich und Olszewski ...

Knarrend öffnet sich die Tür. Ich blicke nach oben, im gedämpften Licht der alten Lampe sehe ich seine bullige Silhouette. Da steht er, mein polnischer Nachbar, Peter Olszewski. Dieser ungehobelte Kerl, der mir mit seinen nächtlichen Saufgelagen den Schlaf raubte, bis ich eines Abends die Polizei rief. Ab diesem Zeitpunkt grüßte er mich nicht mehr und begann, die Blumen auf seinem Balkon so anhaltend zu gießen, bis das Wasser zu mir heruntertropfte. Und meine Satellitenfrequenz fürs Fernsehen belegte er auch des Öfteren, weil er ja drei Geräte besitzt, von denen aber nur zwei offiziell angemeldet sind. Was er natürlich abstreitet. Doch diese Information habe ich von Klostermann bekommen, unserem Hausmeister. Und der weiß so ziemlich alles über jeden von uns.

Und jetzt steht Olszewski da, breitbeinig im Türrahmen. Angetrunken schon am frühen Abend. Trotzdem müsste er mich am Fuß der Treppe bemerken. Doch er zögert. Ich dagegen steige langsam die ersten Stufen hinauf, mit einer Flasche Bochumer Fiege in meiner Hand, aus dem Vorratsschrank im Keller. Da haben sie die ideale Temperatur. Und diese dritte Flasche gönne ich mir mal, wegen der Pizza Diavolo. Die ich mit den frischen Peperoni belegt habe, welche mir heute Morgen zufällig im Supermarkt zuwinkten, bis mir das Wasser im Munde zusammenlief. Ebenso ein Zufall, dass gerade jetzt, wo ich die Treppe hinaufsteigen will, Olszewski auftaucht ...

Einer von uns müsste nun ausweichen oder dem anderen den Vortritt lassen. Olszewski ist nicht derjenige. Etwa in der Mitte der Treppe begegnen wir uns, und ich presse mich mit dem Rücken an die Wand, um ihn vorbeizulassen. Doch dann bleibt er plötzlich stehen. Und grinst mich aus glasig-roten Augen an. Mein Gott, er hätte doch nur weitergehen müssen ... aber nein, er muss ja noch sein Maul aufreißen! Und mir dabei seinen süßlich-fauligen Atem ins Gesicht pusten.

„Verpiss dich!"

Warum sagt er das? In diesem Moment. In dem ich mich doch wortwörtlich kleingemacht habe, um ihm den Vortritt zu lassen. Ich will einfach weitergehen, es überhören, doch es funktioniert nicht. *Verpiss dich* – hat er zu mir gesagt. Ich bleibe stehen. Wieso geht dieser Suffkopp davon aus, dass ich mich nicht wehre?

Vielleicht ... weil ich mich noch nie gewehrt habe? Nicht als mir damals der Volker beim Fußball ständig Beinchen stellte. Ebenso wenig, als mir der schlaksige Junge mit den roten Haaren, der Anführer der Hochhausbande, den Arm umdrehte, obwohl er doch angeblich mit mir per Handschlag Frieden schließen wollte. Ich wehrte mich auch nicht, als mir Volker Birkenberger heftig in den Bauch boxte, nur weil ich über sein „Mangelhaft" in Kunst gelacht hatte. Und ich erhob auch keinen Einspruch, als mir der Unteroffizier befahl, ganz allein vor dem dritten Zug der Panzermörserkompanie „Ich sah ein Schifflein fahren" zu singen, nur weil ich, wie er sich ausdrückte, „andauernd mit dem ängstlichen Blick eines frisch gevögelten Eichhörnchens" - umherirren würde. Und als mich Jahre später ein Betrunkener in der Straßenbahn beleidigte und sogar bedrohte, stieg ich einfach aus und wartete auf die nächste Bahn.

Doch irgendwann ... irgendwann ist es genug! Entweder beginnt man sich zu wehren oder man springt von einer Brücke hinunter. Ich entscheide mich für die erste Option, bleibe stehen, drehe mich um und rufe meinem Nachbarn ein „Ey, du Arschgesicht!" hinterher. Es dauert eine Weile, bis meine Anrede die müde Zellmasse in seinem Gehirn durchdringt. Er wendet seinen bulligen Körper wie in Zeitlupe und schwankt ein wenig, weil seine Hand für einen Moment das Geländer loslässt. Dann sieht er mich aus weit aufgerissenen Augen an. Ich spüre, wie schwer es ihm fällt, sich zu konzentrieren und zu begreifen, was in diesem Moment passiert ist. Hat er das etwa wirklich gerade gehört, hat sein Nachbar, dieser Schlaffi, ihn ein „Arschgesicht" genannt? Doch bevor er etwas erwidern oder unternehmen kann, hole ich aus und werfe ihm meine Flasche Fiege-Bernstein an den Kopf. Nicht dass ich großartig gezielt hätte, aber er ist ja nur zwei bis drei Armlängen von mir entfernt und nicht zu verfehlen ...

Es gibt nur ein ganz kurzes, dumpfes Geräusch, so als ob ein Hammer auf den Boden fällt, danach stürzt er rückwärts krachend auf die untersten Stufen, was einen Moment lang witzig aussieht, weil sich seine Arme und Beine in unterschiedlichste Richtungen bewegen, wie bei einer Marionette in der Augsburger Puppenkiste. Ich denke noch: *Schade ums Bier,* da beginnt sich alles um mich herum zu drehen. Und mein Herz macht badamm, badamm, badamm ... viel zu schnell. Irgendwann bleibt das Bild wieder stehen, ich atme auf und sage mir: Olszewski hat es so gewollt, er hat das Schicksal herausgefordert.

Jetzt liegt er da, über die untersten Stufen verteilt, merkwürdig verdreht und rührt sich nicht mehr. Den Kopf in einer Blutlache, die zusehends größer wird. Ich hocke mich neben ihn auf die Treppe. Eigentlich müsste ich jetzt den Notruf wählen: *Der Herr Olszewski ist gestürzt. Ich war zufällig auch im Keller. Natürlich hab ich die Spuren verwischt ... ähh, schon mal sauber gemacht. Die Scherben und so. Und das viele Blut ...*

Doch mir wird klar, Gerechtigkeit wird es nicht geben, obwohl Olszewski nur seine verdiente Strafe bekommen hat. Was ich aber nicht beweisen kann. Wenn er noch jemals einen Piep machen sollte, mein Wort stünde gegen seins. Vielleicht sollte ich ihn erst einmal beiseiteschaffen, bis ich wieder einen klaren Gedanken fassen kann ...

Mein Blick fällt auf die Altkleiderkiste von Herrn Rahn, die sich neben seiner Kellertür befindet. Da sammelt er mit anderen Nachbarn alte Klamotten für einen guten Zweck. Das passt ja auch in diesem Fall, denn mit dem verwaschenem Pulli auf seinem Gesicht sieht Olszewski schon bedeutend besser aus. Ich umfasse seine Handgelenke und schleife ihn zu meinem Kellerraum, dabei hinterlässt er eine Blutspur, breit wie ein roter Markierungspfeil auf der Straße. Sieht fast so aus, als wollte er mich auch jetzt noch ärgern, dieser Fettsack. Na versuch es nur, Olszewski, es wird dir nicht gelingen!

Ich ziehe seinen leblosen Körper zur Kühltruhe und zerre ihn Stück um Stück hinein. Nur so kann ich ihn zwischenlagern, bis ich was Besseres finde. Nur gut, dass ich dieses Riesending von meinem Vormieter übernommen habe, auch wenn in ihr meistens gähnende Leere herrscht. Was sich jetzt aber als glücklicher Umstand erweist, weil ich plötzlich und unerwartet über eine mehr als zwei Zentner schwere Masse verfüge, die ich unauffällig verschwinden lassen muss. Blöd ist nur, dass Olszewski anscheinend noch nicht aufgegeben hat. Als ich ihn nur so ein kleines bisschen zusammenstauche – er hätte im Ganzen nicht hineingepasst – da muss er plötzlich rumstöhnen.

Und mich zu Tode erschrecken!

In meiner Panik hab ich ihn dann wohl etwas zu grob angefasst. Dieses knackende Geräusch, wenn so ein Knochen bricht ... baahhh, ekelhaft! Das tut mir selbst körperlich weh, und für einen Moment habe ich Mitleid mit ihm. Doch dieses Gefühl ist nur von kurzer Dauer. Ich schaffe es nicht mehr, die Truhe zu schließen, weil ich mit schnellen Schritten den Raum verlasse, um neben der Tür in die Altkleiderkiste von Herrn Rahn zu kotzen. Danach geht es mir deutlich besser, und ich kann endlich wieder einen klaren Gedanken fassen. Ich werde mal als Erstes die Glühbirne rausdrehen, nur für den Fall, dass plötzlich jemand in den Keller kommt. Der müsste dann wieder nach oben, um sich eine Taschenlampe zu besorgen, falls er sich überhaupt noch in den Keller traut ...

Verdammt, wer ist das? Eine Stimme schallt vom anderen Ende herüber: „Peta! Peta, wo biste?"

Inne Kiste ... liegt mir als Antwort auf der Zunge, doch ich kann mich gerade noch beherrschen.

Es ist Olszewskis Frau. Auf der Suche nach ihrem Mann. Und die Glühbirne ist noch intakt.

„Peta, is dir watt passiert?"

Jetzt hat sie wohl die Blutspur entdeckt. Ist ja nicht zu übersehen. Und sie führt ohne Zweifel direkt in meinen Keller. Ich trete schnell ins hellere Licht hinein. Sie sieht mich und macht große Augen, sagt aber nichts. Ich dagegen rede mit ihr und bemühe mich dabei um einen freundlichen Ton: „Nabend Frau Olszewski. Sie suchen sicher Ihren Mann. Der sitzt da hinten in meinem Keller, ich musste erste Hilfe leisten, weil er auf der Treppe gestürzt ist. Er hat ´ne Platzwunde, aber sonst geht´s ihm gut."

Für einen Augenblick staune ich über meine Abgebrühtheit, dann tätschel ich sie an der Schulter, um sie zu beruhigen. Doch Frau Olszewski schlägt meine Hand beiseite und ruft erneut: „Peta, wo biste?" Dabei gelingt es ihr, sich trotz ihrer Körperfülle, geschickt an mir vorbeizuwinden. Meine Hände greifen ins Leere. Kaum habe ich mich herumgedreht, um ihr hinterherzuhecheln, da höre ich einen gellenden Schrei. Sie hat in meine Kühltruhe geguckt. Gehört sich das? Nein, das tut es nicht! Ich haste los und schnappe mir nebenbei den Spaten vom Haken an der Wand. Ziemlich neu ist der, die Hausgemeinschaft hat seine Anschaffung erst kürzlich auf der Eigentümersitzung bewilligt. Doch darüber denke ich jetzt nicht weiter nach, sondern spurte in meinen Keller, wo Frau Olszewski soeben damit begonnen hat, heftig stöhnend ihren Mann aus der Truhe herauszuzerren. Tatsächlich gelingt es ihr, seinen Körper ein Stückchen über die Kante zu ziehen. Mit Olszewski zusammen wabern kleine Nebelschwaden heraus, was mich an eine Szene aus einem alten Gruselfilm erinnert. Irgendwas mit Vampiren oder Zombies. Aber das bleibt ein flüchtiges Bild, denn ich muss handeln – und zwar sofort! Ich hab keine Wahl, der Spaten tut seine Pflicht, und Frau Olszewski fällt geräuschlos vornüber auf ihren Mann. Mir wird schon wieder übel. Ich bin ja kein geübter Killer oder so etwas in der Art. Alles läuft hier aus dem Ruder! Das glaubt mir doch niemand, wie das passiert ist. Und jetzt steh ich da, das heißt ich hocke auf dem Boden wie ein kleines Kind und weiß nicht weiter.

„Hallo? Watt is denn los da unten? Watt soll der Lärm?" Das ist die Stimme von Klostermann.

Was hat der um diese Zeit im Keller verloren? Ich schlage mir mit den Handflächen auf die Wangen, wie ein Hundertmeter-Sprinter vor dem Start. Ich muss mich zusammenreißen!

„Ach, der Herr Klostermann. Na, datt passt ja gut. Wir haben hier nämlich ein Problem mit der Wasserleitung. Vielleicht können Sie sich das mal ansehn ... Sie haben doch Ahnung von sowatt."

Der nagelneue Spaten bewährt sich auch bei seinem zweiten Einsatz. Ein kurzer Schrei, dann fällt Klostermann auf die Knie, bevor ein zweiter Hieb ihn endgültig in die Vertikale bringt. Ich muss mich setzen, einmal kurz durchschnaufen. Schließlich bin ich es nicht gewöhnt, Nachbarn im Sekundentakt zu erschlagen. Oh Gott, wie soll ich bloß all diese Spuren beseitigen? Und die Opfer ...? Die kann man doch nicht mal eben so im Müll entsorgen. Unter meiner Schädeldecke beginnt es plötzlich zu pochen, Kopfschmerzen, die haben mir gerade noch gefehlt! Und auf meiner rechten Schulter lastet ein ungewohnter Druck. Hoffentlich kein Herzinfarkt! Zum Glück ist es ist nur die Hand von Frau Joswig.

„Geht´s Ihnen nich gut, Herr Becka? Sie sehn ja im Gesicht ganz weiß aus ... "

Ich zucke zusammen und seufze.

Das geht hier ja zu wie im Taubenschlag.

„Watt is denn mit Herrn Klostermann passiert? Der liecht da so komisch, der rührt sich ja ga nich mehr."

Meine Hände zittern, aber es muss sein!

Für den Bruchteil einer Sekunde sieht sie mich mit großen Augen erstaunt an, dann sinkt sie geräuschlos zu Boden. Frau Joswig aus der vierten Etage. Die keiner Fliege was zuleide tun kann. Beziehungsweise konnte. Sie war immer so freundlich, so hilfsbereit. Bei ihr durfte man auch noch gegen Mitternacht klingeln, nur um sich ein paar Eier zu borgen. Oder einen Korkenzieher. Oder ´ne Fahrradpumpe ...

Verdammt, jetzt bin ich endgültig verrückt geworden! Dabei fühl ich mich wie gelähmt. Sitze da, neben Klostermann und der Frau Joswig, und mache nichts. Absolut nichts. Nur meine Hände, die zittern. Und in meinem Kopf dreht sich ein Gedankenkarussell aus Angst und Apathie ... Frau Joswig verursacht ein Geräusch. Eine Art Seufzer. Ich spüre, wie ich eine Gänsehaut bekomme und mir im gleichen Augenblick Stresshormone einen Energieschub verpassen. Doch der Frau Joswig kann ich nicht noch einmal mit der Schüppe auf den Kopf hauen, so viel steht fest.

Das wäre ja Mord, und ich bin doch kein Mörder!

Plötzlich höre ich noch etwas anderes, aber ich kann es nicht einordnen ... Es ist nicht die Nachbarin, auch nicht Herr Klostermann. Das muss ein Stück entfernt sein, kommt das aus meinem Keller? Ich gebe mir einen Ruck, stehe auf und marschiere los. Auf halbem Weg sehe ich, dass mir im Schummerlicht jemand entgegenkommt.

„Hey, wer ist denn da, was soll das?", rufe ich der Schattengestalt zu und weiche einen Schritt zurück.

Oh Gott! Es ist Olszewski!

Sein Gesicht ist weiß wie Mehl, Blut läuft ihm die Wange herunter. Der rechte Arm hängt merkwürdig verdreht an seinem Körper, ein Bein zieht er mühsam hinter sich her. Direkt hinter ihm taucht eine zweite Gestalt auf. Das gibt´s doch nicht, seine Frau! Sie schlurft ihrem Zombiemann hinterher und stöhnt. Kein normales Stöhnen, eher so ein Gemisch aus Knurren und Keuchen. Eins ihrer Augen ist zugeschwollen, eine krustige Blutspur verläuft von der Nase zum Kinn und eine weitere vom Ohr bis zur Schulter. Ihr hellblauer Bademantel ist gesprenkelt mit dunkelroten Tupfern, was ihn modisch deutlich aufwertet. Ich weiche zurück, will sie anschreien, doch ich bringe nur ein Kieksen zustande. Sie wanken auf mich zu, Olszewskis Frau hat eine Gartenschere in der Hand, mit der sie mir droht. Ich hole tief Luft und brülle sie an: „Ihr seid doch wohl völlig durchgeknallt!"

Als ob das irgendetwas ändern könnte.

„Das ist doch alles nur ein großes Missverständnis", höre ich mich krächzend sagen, doch schon im gleichen Augenblick erscheint mir das Gesagte lächerlich. Was kann man denn da noch missverstehen, wenn man mit dem Spaten eins übergebraten bekommt?

Olszewski erwidert etwas, das weder friedlich noch diplomatisch klingt, doch wegen seiner aufgeplatzten Oberlippe und einiger abgebrochener Zähne ist kaum ein Wort zu verstehen. Der Besenstiel, den er mit seinem unbeschädigten Arm neben sich her schleift, sagt mir aber genug. Ich zittere am ganzen Körper und spüre, dass mir etwas Warmes an den Beinen herunterläuft. Trotzdem hab ich nur diesen einen Gedanken: Der Spaten muss her! Er muss ja noch an derselben Stelle liegen, an der ich ihn zuletzt benutzt habe. Ich renne los ... da ist er, ich hebe ihn auf ... und merke in diesem Moment, dass die Szenerie so nicht mehr stimmt. Jedenfalls nicht so, wie sie gewesen war ...

Kalt läuft es mir über den Rücken, ich bekomme eine Gänsehaut: Klostermann und Frau Joswig sind nicht mehr an ihrem Platz! Ich blinzle ins Halbdunkel, mache zögernd ein paar Schritte vorwärts ... und ... dann sehe ich die beiden, allerdings nur schemenhaft, an der Wand gegenüber. Sie lehnen sich dort an und stützen sich gegenseitig, um überhaupt auf den Beinen zu bleiben. Für einen Augenblick bleibt das Bild so stehen. Niemand bewegt sich ...

Doch dann gehen sie, nein sie taumeln vorwärts – genau auf mich zu! Als sie den Lichtkegel der Flurlampe erreichen, blicke ich in die blutunterlaufenen Augen von Frau Joswig, die nun nicht mehr so freundlich leuchten wie gewöhnlich. Herr Klostermann hat sie bei sich untergehakt, langsam schlurfen sie in meine Richtung ... Mit seiner freien Hand - am Arm tropft noch etwas Blut herunter - schwingt er ein Werkzeug über seinem Kopf. Wie ein Indianer sein Kriegsbeil. Herrje, ist das etwa ein Beil? Oh, Gott! Ich packe meinen Spaten wie eine Lanze und drehe mich wie ein nervöser Hund zu allen Seiten. Ich werde jetzt dieses Zombiepack ein für alle Mal erledigen, so viel steht fest!

Ein weißes Gewand ... das Bild wird schärfer. Große braune Augen, dunkles, langes Haar. Das muss ein Engel sein. Dann verschwimmt das Gemälde wieder...
Doch eine warme Stimme spricht zu mir: „Herr Becker, können Sie mich hören?"
Eine Hand legt sich sanft auf meinen Arm und streichelt ihn. Ich versuche zu nicken.

„Sie waren sehr schwer verletzt und haben viel Blut verloren. Aber jetzt wird alles wieder gut. Ihre Knochenbrüche sind versorgt worden, und alles andere ist ordentlich vernäht. Nur ihr rechtes Auge, da war leider nicht mehr viel zu machen ... "
Ich versuche, den Engel zu unterbrechen, doch statt verständlicher Worte bringe ich nur ein undeutliches Gebrabbel zustande.

„Der Herr Professor schaut gleich vorbei. Gegen die Schmerzen haben wir Ihnen schon etwas verabreicht, und der Tropf stabilisiert ihren Kreislauf. Für den Notfall befindet sich hier eine Alarmklingel über dem Bett. Ruhen Sie sich aus, ich seh nachher noch einmal nach Ihnen.“

Wieder wird mein Arm gestreichelt, gerne würde ich die zärtliche Hand noch eine Weile festhalten, doch bevor ich diesen Impuls umsetzen kann, hat die Schwester das Zimmer bereits verlassen ... Jede Bewegung fällt mir schwer, meine Beine sind eingegipst, überall Verbände. Ich taste nach meinem Auge. Nur noch Mullbinden. Aber was ist ein Auge gegen mein Leben? Ich habe gesiegt, so viel steht fest, auch wenn ich mich nicht mehr an alle Einzelheiten erinnern kann. Das Nachdenken strengt mich an und ich dusel wieder ein.

Ich werde wach, weil etwas knarrt, nur einen kurzen Moment lang, doch mir ist sofort klar, dass in diesem Augenblick jemand mein Zimmer betreten hat. Irgendjemand, der einen Stock oder eine Gehhilfe benutzt. Das *tack tack tack* ist nicht zu überhören. Der Professor! Natürlich. Sicher ein älterer Herr, erfahren und routiniert, der sich an mein Bett begibt, um den Patienten zu begutachten. Ich versuche, meinen Kopf zu drehen, es gelingt mir nicht. In meinem Augenwinkel kann ich nur einen Bruchteil der Dinge wahrnehmen, die sich um mich herum abspielen. Der Professor ist weiß gekleidet und benutzt eine Krücke, so viel kann ich schemenhaft erkennen. Und beim Rasieren hat er sich wohl geschnitten, denn da sind noch einige Pflaster in seinem Gesicht. Dann tränt mein übrig gebliebenes Auge vor Anstrengung, es ist ihm einfach zu viel, so allein gelassen. Der Professor sagt nichts, er schlurft nur an mein Bett heran. Ich nehme meine ganze Kraft zusammen und flüstere ihm zu: „Herr Doktor, ich hab Schmerzen ...“

Der Mann, der aus der Nähe betrachtet gar nicht wie ein kleiner, älterer Herr aussieht, schweigt. Ich höre nur, dass er schwer atmet, so als ob ihn jede Bewegung Kraft kosten würde. Mit dem einen Arm stützt er sich auf seiner Krücke ab, den anderen bewegt er in Richtung des Tropfes mit den Medikamenten. Der Professor stöhnt. Seine Hand packt zitternd den Zulauf. Jetzt fügt er wohl ein anderes Medikament in die Lösung – etwas gegen meine Schmerzen? Für einen Moment beugt er sich hinunter zu mir. Seine Augen blicken mich durchdringend an, so als ob sie in meinem Gesicht etwas lesen wollten. Obwohl ich ganz ruhig daliege, spüre ich auf einmal, wie mein Herz klopft, mein Atem unruhiger wird.

„Mir geht´s nicht gut“, hör ich mich flüstern.

Alles verschwimmt, das eine Augenlid beginnt zu zucken und ich kann es nicht abstellen ...

Der Professor klopft mir auf die Schulter.

Etwas grob, wie ich finde.

Dabei sagt er: „Keine Sorgä, is bald vorbei."

Der Klang seiner Stimme kommt mir bekannt vor, woher nur? Es fällt mir nicht ein. Währenddessen beugt sich der Professor ganz langsam, scheinbar unter Mühen, noch weiter zu mir herab. Ich spüre den Hauch seines Atems in meinem Gesicht. Es ist ein süßlich-fauliger Geruch. Wie hinter Watte höre ich dumpf seine Stimme „Lebbe wohl, auf Nimma Widase-hän" sagen. Und eine große, schwabbelige Hand legt sich sanft auf meine und hindert sie daran, den Alarmknopf zu drücken.

Die Puppensammler

Anfangs war ihr Verschwinden niemandem aufgefallen. Schließlich war sie jetzt in dem Alter, wo es cool erschien, wenn man spät aufstand und alleine frühstückte. Nur ihre Schwester, die sich morgens manchmal zu ihr legte, um noch ein wenig zu kuscheln, die hatte sie irgendwann vermisst. Und dann vergeblich gesucht. So wie später auch ihre Mutter. Und der besorgte Vater. Doch das Mädchen blieb verschwunden ...

Die Dunkelheit machte ihr keine Angst, denn sie mochte es, wenn der Tag zur Ruhe kam und die Dämmerung hereinbrach. Dann schlich sie sich manchmal heimlich hinaus, was ihre Eltern natürlich nicht mitbekommen durften, denn die hielten ihre Tochter ja noch für ein kleines Mädchen, das man behüten musste. Ihr Vater sagte nicht viel, er nickte nur zustimmend, wenn die Mutter ihr einschärfte: „Pass bloß gut auf, mein Mäuschen! Du ahnst ja gar nicht, wie böse die Welt da draußen ist ... "
Jetzt ahnt sie es. Aber es ist nicht die Finsternis, die ihr Sorgen macht, es ist der Ort, an dem sie sich befindet. Sie kennt ihn nicht und hat auch keine Ahnung, wie sie hierhin geraten ist. Der Boden ist kalt und

feucht, ein modriger Geruch liegt in der Luft. Von oben dringt nur ein schwacher Lichtschimmer zu ihr herunter. Sie versucht sich zu erinnern, doch da ist nur Leere in ihrem Kopf.

Was wäre ein Leben ohne Abenteuer?
Zum Gähnen langweilig. Nun gut, alles zu seiner Zeit. Jetzt erst einmal ausruhen, Kräfte sammeln. Für später, wenn die Jagd beginnt. Unten am Fluss. Mit den Geräuschen der Nacht. Kein Lärm, kein Radau. Da fühl ich mich am wohlsten. Wenn es draußen dunkler geworden ist, dann seh ich mal nach ihr. Hab ja Augen wie ein Luchs. Nur diese Grube ... ich weiß nicht so recht. Aber vielleicht klettert sie ja noch raus und versteckt sich. Katz und Maus, das wär was! Eine hübsche Beute ist sie ja, nur leider etwas beschädigt. Die meisten geraten in Panik, wenn ich über sie herfalle. Dann muss ich ihnen schon mal wehtun. Die Kleine, die ich unten versteckt halte, wehrte sich kein bisschen. Eine richtig Süße ist das. Noch ganz jung. Und so zierlich. Die Alten mag ich nicht so. Ihnen fehlt einfach die Zartheit, das Unschuldige. Sie sind auch kräftiger, wehren sich, beißen und treten. Ich hab´s an der eigenen Haut erfahren ...
Eigentlich war es ein Versehen. Sie war klein und sah von Weitem noch jung aus. Drüben in dem Wäldchen.

Im Morgengrauen. Eine Weile hab ich sie beobachtet und dann zugeschlagen. Blitzschnell. Von hinten gepackt, mit meinen großen Pranken. Sie geriet in Panik, schrie, quietschte in den schrillsten Tönen. Versuchte mich zu beißen, was mich wütend machte. Ich schüttelte sie, wohl ein wenig zu grob. Ihr Genick brach, kaum ein Geräusch. Als ob ein dünner Ast brechen würde. War nicht meine Absicht. Mit meinem Spätzchen im Keller werde ich behutsamer sein ...

Der Lichtschimmer ist schwächer geworden, jetzt kann das kleine Mädchen fast nichts mehr erkennen. Mühsam dreht sie sich auf die Seite und versucht, sich aufzurichten. Doch es klappt nicht, ihre Beine sind weich und kalt wie frischer Schnee und knicken wieder ein. Außerdem hat sie einen trockenen Hals und schrecklichen Durst. Das Mädchen drückt sich hoch, doch ihre Muskeln zittern, geben wieder nach und ihr Kopf fällt mit einem dumpfen Geräusch auf den kalten Boden in eine Wasserlache. Sie ignoriert das Blut, das ihr aus der Nase tropft, spitzt gierig die Lippen, saugt das Wasser schlürfend ein und spuckt den größten Teil sofort wieder aus. Es schmeckt bitter und ranzig. Trotzdem, sie braucht mehr davon, denn sie will überleben! Sie atmet kräftig ein und hält die Luft an – und es funktioniert, ohne den fauligen Geruch wird es erträglicher. Über den Boden kriechend tastet sie vorsichtig ihre Umgebung ab. Sie befindet sich in einer Grube, die Wände sind glatt und feucht. Klettern konnte sie noch nie besonders gut, aber sie muss es probieren. Das Mädchen versucht, sich aufzurichten, doch ein höllischer Schmerz lässt sie wieder zu Boden sinken. Ihr Knöchel sieht grässlich aus, unförmig angeschwollen und rotblau verfärbt! Ihr wird übel, sie würgt und muss sich übergeben. Zu Hause würde man sich jetzt um sie kümmern, sie pflegen und trösten. Für einen Moment sieht sie die Sorgenmiene ihres Vaters und die freundlichen Augen ihrer Mama. Das Mädchen versucht, ein Schluchzen zu unterdrücken.

Die Grube hab ich zufällig entdeckt.
Im Keller unseres Hauses. Also es ist nicht mein Haus.
Es gehört der Frau, mit der ich zusammenlebe. Wir sind kein richtiges Paar, aber wir wohnen zusammen. Verbringen viel Zeit miteinander und schlafen im gleichen Bett. Sie liebt mich, glaube ich. Ich mag sie. Ihre ruhige Art, ihre Stimme, ihre warmen Hände. Die wissen, wie man einen attraktiven Burschen wie mich verwöhnt. Ansonsten sorgt sie für Ordnung im Haus. Und für geregelte Mahlzeiten. Nicht nur so einen Dosenfraß, auch frische Sachen. Unter dem Dach hat sie ein Zimmer, da befindet sich ihre Figurensammlung.

Und mit diesen „Puppen" - da redet sie sogar! Aber eigentlich können die nichts, meine gefallen mir besser. Hinter dem Haus befindet sich unser Garten. Da lass ich mir im Sommer schon mal die Sonne auf den Pelz brennen. Noch lieber halte ich mich aber im Keller auf. Schön still da unten. Hoffe nur, meine Kleine schafft es aus der Grube raus, sonst wird es langweilig. Ich liebe Katz und Maus. Bin nämlich ein hervorragender Spurensucher ... und Jäger. Trotzdem ist mal eine entkommen. Im richtigen Moment zur Tür raus und im falschen über die Straße. Wurde direkt vor unserem Haus überfahren. So ein Pech. Wenn sie tot sind, ist der Spaß vorbei. Gut, ich quäle sie schon mal, so ein bisschen. Aber ich mach sie nicht kaputt. Höchstens aus Versehen ...

Schmerzhafte Bilder, die Erinnerung kehrt zurück ... Das Mädchen sieht die Lichtung im Mondschein, umgeben von Sträuchern und wilden Blumen. Alle schlafen fest und tief, nur ihre beste Freundin nicht, denn die erwartet sie ja. In der kleinen Höhle, die sie sich gebaut haben, ihr großes Geheimnis, ihr gemeinsames Versteck. Als das Mädchen die Lichtung erreicht, zögert sie. Ringsherum überall Grünzeug und viel Gestrüpp, in dem man sich prima verstecken könnte. Natürlich ist es verboten, hier alleine rumzustreunen, und dann noch mitten in der Nacht, wenn das ihre Eltern wüssten! Sie hält die Luft an ... Da hat etwas geknackt. Das Mädchen lauscht in die Dunkelheit hinein, doch alles bleibt ruhig, nur ein paar Blätter knistern unter ihren kleinen Füßen. Trotzdem beginnt sie zu zittern und verharrt wie angewurzelt auf ihrem Platz. Plötzlich ist dieser Gedanke da und lässt sich nicht mehr vertreiben: *Jemand beobachtet dich!*

Für einen Augenblick denkt sie darüber nach, kehrtzumachen, doch dann wählt sie die andere Richtung und rennt los! Sie hofft, dass ihr Verfolger schwerfällig und langsam ist ...

Sie täuscht sich gründlich!

Denn der Fremde ist flink wie ein Wiesel und lauert direkt vor ihr. Sie sieht, wie er sie packt, fallen lässt, über den Boden schleift und wieder aufhebt. Er ist grob zu ihr, im nächsten Moment vorsichtig, behutsam fast, was ihr aber noch mehr Angst macht. Seine Pranken werden zu sanften Pfoten, und er bewegt sie, als würde er sich sorgen, dass sie zerbrechen könnte. Groß ist er und kräftig, hätte sie gegen so einen Burschen überhaupt eine Chance? Sie macht nichts, schreit nicht, zappelt nicht, tritt nicht um sich und beißt auch nicht. Sie fühlt sich wie gelähmt, so als hätte man ihr ein betäubendes Gift eingeflößt. Plötzlich hört sie dieses furchtbare Knacken, ein heftiger Stich im Knöchel, der ihr die Tränen in die Augen treibt. Doch den Schmerz nimmt das Mädchen gar nicht richtig wahr, weil sie auf ihre Beine starrt, an denen Blut herunterläuft. Sie sind von Steinen und Gestrüpp aufgerissen, denn er zieht sie jetzt wie einen frisch gefangenen Fisch hinter sich her ... Für einen Moment ist sie verwirrt, denn dieser brutale Kerl - er riecht gut! Ein Duft, nicht muffig, sondern frisch, wie von Wiesen und Wäldern. Entsetzt versucht sie, dieses Gefühl zu unterdrücken: Er darf nicht gut riechen!

Das Sofa ist mein Lieblingsplatz.
Aber nur, wenn die Flimmerkiste nicht flackert. Ich brauch nämlich meine Ruhe. Die Frau nennt mich einen Pascha. Das ist wohl einer, der das Leben genießt, kaum arbeitet und sich verwöhnen lässt. Einer wie ich. Ein echter Faulpelz. Aber heute Nacht geh ich auf die Jagd, da muss ich ausgeruht sein. Um mein Mäuschen im Keller muss ich mich auch noch kümmern. Sie fürchtet sich. Ich mag das, wenn sie Angst haben. Macht mich richtig wild. Kann passieren, dass ich dann die Kontrolle verliere. Hinterher tut es mir immer leid. Ja, sie hat ein paar Schrammen abbekommen. Und der eine Fuß eben. Verstaucht oder gebrochen. Ließ sich nicht vermeiden. Keine geht freiwillig mit ... Oh, ich muss los! Die Frau, mit der ich zusammenlebe, ruft nach mir. Sie hat was Leckeres zubereitet, sie liebt es,

mich zu verwöhnen. Wenn ich mich satt gefuttert habe, kümmer ich mich um mein kleines Sorgenkind.

War da ein Geräusch? Das Mädchen starrt angestrengt ins Halbdunkel, jetzt bloß keinen Mucks! Da ist er wieder, seine großen Augen gucken neugierig in die Grube. Sie versucht so leise wie möglich zu atmen und kriecht in die hinterste Ecke. Währenddessen beobachtet sie im Augenwinkel, wie er mit dem Kopf aufgeregt hin und her wackelt. Er sucht seine Beute ...

Das mit der Grube war keine gute Idee.
Wo kommt die überhaupt her? Früher war da keine. Bestimmt hat es mit dem Regenwasser zu tun. Wenn die Kleine wenigstens fliehen würde ... dann könnte ich sie jagen. Aber sie liegt einfach nur da und macht nichts. Öde. Da werd ich lieber mal ´ne Runde um den Block streifen. Aber nur ganz kurz, es regnet nämlich.

Das Mädchen atmet erleichtert auf, er ist wieder fort. Sie tastet sich im Dunkeln vorwärts und entdeckt, dass an einer Wand Wasser herunterperlt. Die Chance muss sie nutzen und ... es schmeckt wie frisches Regenwasser, sie seufzt erleichtert. Doch ihr Magen krampft sich plötzlich heftig zusammen, erst jetzt merkt sie, wie hungrig sie ist. Es huschen aber nur ein paar Kellerasseln über den Boden. Heute haben sie noch Glück, aber in ein paar Tagen ist sie wahrscheinlich soweit. Die Verzweiflung packt sie, und Tränen laufen ihr über das Gesicht. Hier wird sie nicht mehr rauskommen, zumindest nicht lebend! Sie versucht, ruhiger zu atmen und an etwas Schönes zu denken. Klares Quellwasser, gut duftende Äpfel, frischer Käse mit Speck, ein knuspriges Brot... irgendwann fallen ihr vor Erschöpfung die Augen zu.

Ich hab mich runtergeschlichen.
Nur mal einen kurzen Blick draufgeworfen. Ich mache mir Sorgen, sie rührt sich kaum noch. Mhh ... und wenn ich ihr noch einmal Angst einjage?

Plötzlich steht er vor ihr, sie hat ihn nicht kommen hören, wie schafft er das bloß? Der Kerl beugt sich zu ihr herab und schnüffelt ein wenig, er sieht dabei unzufrieden aus. Sie spürt seinen warmen Atem in ihrem Gesicht, er riecht nach altem Fisch ... Zum ersten Mal fällt ihr auf, wie stark er behaart ist, überall Haare, sogar auf dem Rücken, wie abstoßend, sie bekommt Gänsehaut. Da ist sein Mund, näher und näher, dann seine Zunge, er leckt ihr Gesicht ab, wie ekelhaft! Sie versucht die Luft anzuhalten, um sich tot zu stellen.

So macht das keinen Spaß mehr!

Die Kleine beginnt zu stinken. Hat gekotzt und in die Ecke gepinkelt. Bewegt sich kaum noch, kriecht nur ein wenig von hier nach da. Der Anfang vom Ende. Am besten, ich nehm sie morgen mit auf Tour und werf sie in irgendein Gebüsch. Bevor sie hier im Keller verfault. Ich such mir sowieso was Neues. Oh, die Frau, mit der ich zusammenlebe, ruft nach mir. Ich glaube, es gibt was zu futtern ...

„Carlo, komm, komm, komm!", ruft sie.
Warum sagt sie das dreimal?
Ich bin doch nicht blöde.
„Tigerchen, komm, es gibt Thunfisch!"
„Schon wieder Thunfisch!?", würde ich ihr gerne zurufen, während ich die Treppenstufen hinaufeile.

Aber ich kommuniziere nur mit Gesten. Schmeichel mich lieber bei ihr ein und streich um ihre Beine herum. Wenn es heute Dosenfraß gibt, dann ist morgen bestimmt Frischfleisch angesagt. Aber, na ja, selbst Thunfisch aus der Dose schmeckt allemal besser als ein vergammeltes Mäuschen im Keller ...

Ein Mord zu früh

Einen Mann wie ihn ließ man doch nicht warten ...

Als wäre er irgend so ein x-beliebiger Autor.

Und nicht Marc Scheffer, das aktuelle Zugpferd des Essener Buchverlags Konrad und Knauser. Mal wieder typisch für die Berghoff, dass sie zu spät kam. Wie hieß die noch gleich mit Vornamen ... Lara, Lena, Lisa? Ach egal, Duzfreunde würden sie in diesem Leben sicher nicht mehr werden. Ihr Lektorat war ja nicht übel, das musste er anerkennen. Was Sprache und Stil betraf, hatte sie echt was drauf, da machte ihr keiner was vor. Es war ja auch ihr Job, seine Entwürfe zu verbessern: Charaktere ausarbeiten, Spannungsbögen halten, Pointen setzen ...

Nun, es lag wohl an der Art, wie sie es sagte.

Mit spöttischem Unterton und süffisant lächelnd, so von oben herab. Bestimmt weil sie Germanistik und Literatur studiert hatte und er nicht. Diese eingebildete Tussi! Ganz nebenbei machte sie noch auf jugendlich, obwohl sie doch mindestens schon Mitte vierzig war. Okay, für ihr Alter sah sie noch ziemlich gut aus, das musste er zugeben. Ob sie heute wieder die hauteng Jeans und das knallrote Top...? Da zeichneten sich ihr Knackarsch und die hübschen Titten ab, wow!

Tragen konnte sie es ja, bei der Figur. Trainierte sicher jeden Tag wie verrückt dafür. Ja, sexy war sie, die Berghoff, aber leider auch unsympathisch. Sie kam mit seinem geballten männlichen Charme einfach nicht zurecht. Scheffer ließ sich ächzend auf den Stuhl fallen und platzierte schwungvoll seine Beine auf dem Schreibtisch. Ein Aktenordner kam ins Rutschen und fiel krachend herunter, aber nicht ohne zuvor einen Stapel an Dokumenten mitzureißen, die sich kurz darauf wahllos auf dem Boden verteilten. Für einen kurzen Moment dachte er daran, die Unterlagen aufzuheben und wieder an ihren Platz zurückzustellen. Aber hatte er das nötig? Er, einer der zurzeit angesagtesten deutschen Krimiautoren? Der bei den jüngeren Lesern schon Kult geworden war: „Mensch, Alta, schon den neuen Scheffer gelesen? Voll brutal, voll krass, ey."

Blutrausch im Morgengrauen – sein letztes Werk hatte es endlich in die Bestsellerliste geschafft. Seit der Veröffentlichung der Rezension von Frau Dr. Ostermann-Engelbrecht, der aus Funk und Fernsehen bekannten Literaturexpertin. Fünf-Sterne, das war der Durchbruch gewesen. Dafür hatte Konrad und Knauser aber auch einiges investiert. Besagte Dame war als Gast mit VIP-Status zur Lesung nach Hamburg eingeladen worden. Spesen inklusive. Alles von der PR-Abteilung abgesegnet. Genauer gesagt von Paul Stankowiak, dem Leiter der Marketingsektion. Der war sein Mann. Eitel, verschwenderisch und ein bekennender Liebhaber von Splatter- und Horrorgeschichten. Sein größter Fan. Literarisch gesehen, das wusste Scheffer selbst, waren seine Romane nur Durchschnitt, aber wer fragte schon danach ...

Zum Glück gab es ja noch die Berghoff, seine Lektorin, die – das musste er zugeben – seinen Werken eine stilistische Qualität verlieh, zu der er gar nicht in der Lage gewesen wäre. Sie hatte ihn schließlich auch auf die Idee gebracht, die Grausamkeiten seines Hauptdarstellers Mister Max Todd möglichst detailliert zu schildern, eine Maßnahme, die sein Buch fast auf den Index gebracht hätte. Ein kleiner Skandal nur, aber immerhin bedeutend genug, um in der Presse Aufmerksamkeit zu erregen. Kritische Stimmen waren für ein Buch allemal besser als gar keine. Kritische Stimmen – da fiel ihm der Köter seiner Lektorin ein. Hoffentlich hatte die Berghoff ihn zu Hause gelassen, diesen hässlichen kleinen Mops, der ihn ständig anknurrte. Anscheinend hatte sie ein Herz für Tiere, zumindest deutete die gerahmte Ehrenurkunde des deutschen Tierschutzvereins über ihrem Schreibtisch darauf hin.

Missmutig betrachtete Lena Berghoff die Schuhe auf ihrem Schreibtisch und das Chaos, das Scheffer angerichtet hatte. Sein ständiges Machogehabe war ihr zuwider. Ihrem Hund auch. Popeye bewies wie immer einen guten Riecher, was solche Typen anging. Eigentlich kam er mit den meisten Fremden gut aus, aber bei Scheffer hatte er sofort Abstand gehalten und ihm gedroht, wenn er sich nur ein winziges Stück näherte. Deshalb hatte sie ihn heute bei ihrer Nachbarin Frau Dragic untergebracht. Wobei sich die Arbeit mit Scheffer ansonsten unkompliziert gestaltete, denn ihre Ideen nahm er bereitwillig auf. Nur was den Hauptdarsteller seiner Bücher anging, da stellte er sich stur. Ein Psychopath als Täter, das war nun wirklich nicht besonders innovativ. Doch als sie versucht hatte, ihm klarzumachen, dass eine tragische Heldin die bessere Wahl wäre, fand Scheffer ihre Idee geradezu lächerlich.

„Eine Frau ...!", hatte er gebrüllt und sich dabei vor Lachen auf die Schenkel geklopft.

„Brutal, eiskalt und clever ... eine Tussi!"
Scheffer hatte geprustet vor Lachen, sich verschluckt und über den Tisch gehustet, ohne sich dafür zu entschuldigen.

Jetzt saß er wieder vor ihr, in seiner großkotzigen Art, mit seinen Schuhen auf ihrem Schreibtisch. Selbstverliebt und überheblich. Ein Autor zum Gruseln ... bei diesem Gedanken musste Lena schmunzeln.

„Freut mich Schätzchen, dass Sie heute mal gut drauf sind! Bestimmt sind Sie auch gut drunter, wenn Sie verstehen, was ich meine ...“

Scheffer kniff ein Auge zu und grinste.

„Aber, aber, Herr Scheffer, das in Ihrem Alter! Da verwechseln Sie sicher Wunschtraum und Realität, wenn Sie verstehen, was ich meine.“

Scheffers heiterer Gesichtsausdruck fror schlagartig ein. Er rutschte auf dem Stuhl herum, räusperte sich unappetitlich und schwang seine Beine zurück auf den Boden. Stirnrunzelnd wies Lena mit kreisendem Zeigefinger auf das Papierchaos unter ihrem Schreibtisch. Scheffer holte tief Luft und ... atmete pustend wieder aus, bevor er damit begann, die am Boden liegenden Akten und Notizen aufzuheben. Lena nahm es mit Genugtuung zur Kenntnis.

„Ach, übrigens, da fällt mir noch was ein, Herr Scheffer. Gestern Abend hat mich jemand von der Kripo angerufen. Sie erinnern sich an Kommissar Stoppek?“

Natürlich würde Scheffer sich an Stoppek erinnern ... Der Polizist war wohl schon Mitte fünfzig, aber noch durchtrainiert und schlank. Aufrechter Gang, offener Blick. Und im Gegensatz zu Scheffers spärlichem Kopfbewuchs mit weißgrauem, vollem Haar gesegnet. Dazu Lachfältchen im Dauermodus. Zwischen ihr und diesem Bild von einem Mann hatte es sofort geknistert.

„Sie sind also diejenige, die dem Buch den letzten Feinschliff verleiht", Stoppek hatte die Lektorin angestrahlt.

Lena Berghoffs Augen leuchteten, in ihrem Mundwinkel entstand ein Grübchen.

„Ja, so könnte man das ausdrücken. Und Sie sind wohl der coole Sheriff, der die Banditen zur Strecke bringt."

„Das haben Sie aber nett formuliert."

Der Kommissar wandte sich Marc Scheffer zu, sein Lächeln gefror.

„Das klingt jetzt wie ein schlechtes Drehbuch, aber wir haben Anhaltspunkte dafür gefunden, dass jemand versucht, die Morde Ihres fiktiven Mister Max Todd nachzustellen. Drei Leichen in den letzten zwei Jahren. Zwei davon haben wir aus der Ruhr gefischt. Die Dritte lag in einem kleinen Wäldchen im Lottental. Alle waren übel zugerichtet, in etwa so, wie die Mordopfer in Ihren Romanen. Der einzige Unterschied scheint zu sein, dass die realen Opfer selbst in kriminelle Machenschaften verstrickt waren. Kindesmissbrauch, Zwangsprostitution, Totschlag. Wir haben an den Fundorten aber keinerlei Spuren oder Hinweise auf den oder die Täter finden können. Nun sind Sie meine letzte Hoffnung."

Eine Weile hatten sie noch diskutiert, ob sich im Umkreis von Marc Scheffer irgendjemand verdächtig gemacht hatte, doch sie kamen zu keinem Resultat. Kommissar Stoppek reichte Lena Berghoff seine Visitenkarte.

„Wenn Ihnen noch etwas einfällt oder Sie meine Hilfe benötigen sollten, Lena ..."

Mit einem Lächeln hatte sie seinen Handschlag erwidert, um ihm kurz darauf vom Fenster aus noch einmal zuzuwinken, bevor er in seinen Wagen stieg.

„Sie müssen sich doch noch an Herrn Stoppek erinnern, Herr Scheffer..."

„Sicher erinnere ich mich an den, aber nur sehr ungern." Scheffer winkte demonstrativ ab.

„Ziemlich überheblich, dieser Möchtegernsheriff. Der hatte leider null Ahnung von der Psyche eines Serienmörders."

„Nun, dass Sie ihn nicht besonders sympathisch fanden, war ja offensichtlich. Trotzdem müssen wir die Sache ernst nehmen. Die Kripo hat nämlich vor wenigen Tagen im Weitmarer Holz eine Leiche entdeckt, offensichtlich ein alter Bekannter aus dem Rotlichtmilieu, der schon einiges auf dem Kerbholz hatte. Der Mörder hat ihn übel zugerichtet und dann im Wald vergraben, knapp einen Meter unter der Erde. An dieser Stelle hätte er wahrscheinlich noch längere Zeit unbemerkt gelegen, wenn sich dort nicht ein dummer Dackel in einem Fuchsbau festgesetzt hätte. Eine größere Erdmasse musste abgetragen werden, um den Hund zu retten. Dabei hat man dann die grauenhafte Entdeckung gemacht. Todesursache und Verstümmelungen des Mannes wiesen übrigens ein ähnliches Muster auf, wie es in ihrem neuen Manuskript beschrieben wird."

„Ja und? Was soll ich dazu sagen? Ich hab dieser Knalltüte schon beim letzten Mal klargemacht, dass wir wirklich keinen blassen Schimmer haben, wer diese Morde aus meinen Romanen nachstellen könnte." Scheffer fuchtelte hektisch mit dem Zeigefinger vor dem Gesicht seiner Lektorin herum.

„Mensch, Lara, wir sind da die völlig falsche Adresse!"

„Lena, Herr Scheffer, mein Name ist Lena. Und was den realen Mordfall betrifft, ist die Situation leider etwas komplizierter als gedacht. Der Kommissar bat mich nämlich darum, ihn zu informieren, ob und wann Sie planen, ein neues Manuskript einzureichen. Ich sollte ihm dann die Textauszüge mailen, in denen beschrieben wird, wie Mr. Max Todd sein Verbrechen begehen wird. Der Kommissar erhoffte sich auf diese Weise dem Täter einen Schritt voraus zu sein. Dieser tote Zuhälter ist also keine Kopie aus Ihrem letzten Roman, sondern der Mord von Seite 97 aus Ihrem aktuellen Manuskript."

„Wie, Sie haben dem Kerl Teile meines Manuskripts zugespielt, ohne mich zu fragen? Sind Sie verrückt geworden, Sie dumme Kuh!?"

Lena stutzte. Dieser selbstgefällige Typ verlor soeben die Beherrschung. Ja natürlich, es war ein Vertrauensbruch von ihr gewesen. Aber in dieser besonderen Situation, musste er da nicht Verständnis für ihr Verhalten zeigen? Was war bloß los mit ihm? Dieser unruhige Blick, dieser jammernde Ton und dann ... tatsächlich liefen Scheffer ein paar Schweißtropfen von der Stirn über die Wange. Mein Gott, dieser armselige Wicht, der sonst den Macho mimte, der hatte Angst!

„Das war´s. Für mich ist diese Sitzung beendet. Beendet, jawohl! Genauso wie unsere Zusammenarbeit."

Scheffer sprang auf, sein Stuhl kippte rumpelnd hintenüber. Der Autor zuckte zusammen, machte aber keine Anstalten ihn wieder aufzuheben. Lena erhob sich ebenfalls, jetzt war sie auf Augenhöhe mit Scheffer.

„Beruhigen Sie sich. Kommissar Stoppek macht ja nur seinen Job. Er muss ja alle Möglichkeiten in Erwägung ziehen. Und es ist doch wirklich seltsam, dieser Bezug zu Ihrem Roman. Übrigens hat die Pathologin festgestellt, dass der Mörder den jungen Mann vor ungefähr zwei Monaten erdrosselt haben muss. Der Kommissar möchte nun wissen, wer außer uns beiden zu diesem Zeitpunkt bereits Zugang zu Ihrem Manuskript hatte."

Lena sah Scheffer prüfend an. Hatte er jemanden vorzeitig einen Blick in sein Manuskript werfen lassen? Etwa seinen Duzfreund, den Stankowiak, der ja bekanntermaßen ein Fan von Horrorgeschichten war?

„Was glotzen Sie denn so? Sie machen mich nervös, genauso wie dieser nervende Bulle!"

„Wir sollen noch einmal gründlich nachdenken, meint Herr Stoppek, ob uns nicht ..."

Marc Scheffer unterbrach sie und drohte ihr erneut mit dem Zeigefinger. „Der kann mich mal, Ihr Kommissar – und Sie auch! Ihr Verhalten wird auf jeden Fall Konsequenzen haben, das kann ich Ihnen garantieren!"

Er drehte sich um, öffnete die Bürotür und zögerte. Einen Moment lang blickte er noch zurück, dann packte er entschlossen den Außengriff und ließ die Tür mit Schwung krachend ins Schloss fallen. Lena sah ihm stirnrunzelnd hinterher...

Marc Scheffer wurde allmählich ungeduldig und klopfte noch einmal gegen das Glas.

„Mann, Gertrud, du bist vielleicht eine Langweilerin! Sitzt da und machst überhaupt nix, keinen Mucks. Dafür hab ich dich nicht eingekauft."

Die schwarze Witwe rührte sich nicht vom Fleck.

„Du weißt wohl nicht, was dir blüht, wenn du mich anödest oder nervst, meine Kleine. Dann würdest du wahrscheinlich sehr schnell in die Gänge kommen."

Vielleicht sollte man die Berghoff auch mal ein bisschen piesacken. Der Stanko jedenfalls hätte nicht so eigenmächtig gehandelt. Über seinen Kopf hinweg. Und wie sie ihn angeglotzt hatte, seine Lektorin. So prüfend, wie eine Detektivin. Das war ihm nicht entgangen. Dieses Weibsbild konnte doch nichts wissen, oder? Aber wie sie ihn so ansah, das erinnerte ihn an früher, an den Blick seiner Mutter. Das musste jetzt so an die vierzig Jahre her sein ...

Scheffer strich sanft mit den Fingerspitzen über die dünnen Narben auf seinem Handrücken. Dieses Katzenvieh hatte es doch nicht anders verdient gehabt! Natürlich hatte er geleugnet, so etwas Furchtbares getan zu haben. Einer kleinen Katze mit der Heckenschere ... ja, ja, der Hans-Jürgen von gegenüber, der vielleicht – aber doch nicht er! Damals hatte ihn seine Mutter mit großen Augen so merkwürdig angesehen, mit einem ... irgendwie traurigen Blick, und da wurde ihm klar: Sie wusste es. Genauso wie bei der Taube ihres polnischen Nachbarn. Edle Sorte, wurde gesagt. Hatte sogar Pokale gewonnen. Dann aber leider über Nacht beide Flügel verloren. Konnte ja nur ein perverser Tierquäler gewesen sein, hieß es. Aber doch kein kleiner Junge! Auch in diesem Fall hatte ihn seine

Mama schnell durchschaut. Und wieder geschwiegen. Ein Glück, denn sein Alter hätte ihn sonst sicher totgeprügelt ... Ja, und die Berghoff, die hatte ihn so ähnlich angesehen wie seine Mutter damals. Ob sie irgendetwas wusste? Er musste auf der Hut sein.

„Na, Stoppek, wieder mal Lesepause?"
Krachend ließ Peter Gratzki seine Hand auf Hauptkommissar Stoppeks Schulter fallen.

„Mann, dass du noch die Nerven hast, dir während der Arbeitszeit diese blutrünstigen Schmöker reinzuziehen."

„Ist ja kein Freizeitvergnügen. Irgendwo in dem Manuskript steckt vielleicht die Lösung unseres Falls. Scheffer wird damit bestimmt wieder einen Bestseller landen. Obwohl ich meine, dass er als Autor ziemlich überschätzt wird."

„Apropos, Scheffer. Eine Frau von Konrad und Knauser ist in der Leitung. Scheint wichtig zu sein."
Gratzki reichte Stoppek das Telefon.

„Guten Morgen, Lena. Schön Ihre Stimme zu hören."
Stoppek lächelte.

„Hallo, Herr Kommissar! Ich freu mich auch. Aber leider rufe ich nicht zum Vergnügen an. Es geht um unseren Autor Marc Scheffer. Er hat heute Morgen einen wichtigen Gesprächstermin einfach platzen lassen. Weil ich mir Sorgen machte, hab ich ein bisschen

rumtelefoniert. Er scheint seit zwei Tagen spurlos verschwunden zu sein."

„Okay, Lena. Kein Grund zur Aufregung. Wahrscheinlich hat er sich einfach mal ´ne Auszeit genommen
und ist spontan an die See oder in die Berge gefahren."

„Ja, daran hatte ich natürlich auch schon gedacht.
Doch dann rief mich seine Schwester an. Die wohnt
ebenfalls in Bochum, sie sorgt für seine Kakteen-
sammlung und das Terrarium, wenn er in Urlaub fährt.
Weil sie beunruhigt war, hat sie seine Wohnung auf-
geschlossen. Sie war ziemlich durcheinander. Anscheinend hat Scheffer seine Vogelspinne mit einer Gabel
aufgespießt und dann verbrannt. Außerdem fehlen
einige Klamotten, sein Auto und das versteckte Bar-
geld, von dem nur seine Schwester etwas wusste."

„Hm, das klingt tatsächlich merkwürdig. Wann haben
Sie Ihren Grusel-Schreiber denn das letzte Mal zu
Gesicht bekommen?"

„Das war vorgestern ... so um die Mittagszeit. Eigentlich waren wir nur für die Buchbesprechung verabredet. Wir haben uns dann aber heftig gestritten. Er
ist ziemlich wütend geworden, als ich ihm davon erzählte, dass ich Ihnen sein Manuskript gegeben habe.
Okay, ein bisschen merkwürdig war der Scheffer ja
schon immer. Man munkelt, dass er früher mal wegen
Tierquälerei angezeigt wurde. Na ja, jedenfalls mach

ich mir jetzt Vorwürfe. Dass ich sein Manuskript weitergereicht habe, schien ihn völlig aus der Fassung zu bringen. Ich hoffe nur, dass er nichts Unüberlegtes tut.“

„Lena, machen Sie sich bitte nicht verrückt. Wenn der Kerl psychische Probleme hat, dann hat er sie sicher schon seit Längerem. Das ist dann wirklich nicht Ihre Schuld. Also, ich geh der Sache auf jeden Fall mal nach. Sobald ich mehr weiß, melde ich mich bei Ihnen.“

Nachdem Bernd Stoppek das Gespräch beendet hatte, winkte er Gratzki zu sich: „Ruf doch gleich mal bei der Spurensicherung an. Ich versuch in der Zwischenzeit eine Genehmigung für ´ne Hausdurchsuchung zu bekommen. Ist gut möglich, dass Scheffer selbst was mit den Morden aus seinen Büchern zu tun hat. Und sobald wir grünes Licht kriegen, schreiben wir ihn zur Fahndung aus!“

Ein Gläschen Châteauneuf du Pape, das hatte sie sich redlich verdient. Na, vielleicht auch zwei. Lena stellte die Musik aus dem Radio leiser. Irgendwas Klassisches, war wohl der falsche Sender. Aber ansonsten fing das Wochenende doch richtig gut an. Mit dem Erreichten konnte sie wirklich zufrieden sein. In der kurzfristig einberufenen Sondersitzung der Verlagsredaktion waren ihre neuen Ideen auf offene Ohren gestoßen. Zum Beispiel die, dass man die Flucht Scheffers und den Verdacht gegen ihn für eine offensive Werbekampagne nutzen sollte. Ist Krimiautor Marc Scheffer der brutale Killer aus seinem eigenen Thriller? So eine Schlagzeile konnte sich doch keine PR-Abteilung entgehen lassen. Selbst Stankowiak stimmte dafür. Auch ihr zweiter Vorschlag, eine neue Heldin namens Lara Lewis zu erfinden, die Mr. Max Todd und andere Verbrecher ins Jenseits befördern sollte, war wohlwollend diskutiert worden.

Lena hob das Glas mit dem Wein in Augenhöhe gegen das gedämpfte Sonnenlicht, das durch den Wintergarten hereinschien. Schöne Lichtreflexe. Sie fühlte sich herrlich entspannt, auch ohne ihr Yogaprogramm. *Lea Bergoni*, ja, so würde sie sich als Autorin nennen. Und die Romane von Marc Scheffer, diesem literarischen Stümper, würden schon bald nur noch Schnee von gestern sein. Was sie aber nicht vergessen durfte: Bernd Stoppek anzurufen. Der konnte sich ruhig mal mit einer Einladung zum Italiener erkenntlich zeigen. Immerhin hatte sie ihm den entscheidenden Tipp gegeben. Und zum Dessert ... na, da durfte er ihr ruhig nochmal seine Massagekünste präsentieren. Sie ließ die Zunge über ihre Lippen gleiten. Wenn sie an das erste Mal zurückdachte, bekam sie sofort wieder dieses Kribbeln im Bauch. Dass Marc Scheffer weiterhin wie vom Erdboden verschluckt blieb, konnte ihr nur recht sein. Wenn sie den erst einmal in die Mangel genommen hätten ...

Womöglich hätte er in seiner Panik sogar ihren Namen ins Gespräch gebracht. Und wer weiß, ob die Kripo dann nicht auch in ihre Richtung ermittelt hätte. Dumm war Bernd Stoppek jedenfalls nicht. Lena Berghoff schenkte sich noch etwas Rotwein ein. Im Grunde lief doch alles nach Plan. Was für ein toller Start ins Wochenende! Ob sie mal was Rockiges auflegen sollte? Voll aufdrehen und abzappeln, so wie früher?

Das würde doch niemanden stören. Popeye und ihre zwei Katzen tobten im Garten herum und hatten ihren Spaß. Die Schmidtmanns von nebenan waren für drei Tage an die See gefahren, und die Frau Dragic von oben, die hörte nicht besonders gut. Tja, und auf ihren Gast im Keller brauchte Lena Berghoff ja keine Rücksicht mehr zu nehmen. Marc Scheffer würde es in seinem Zustand ziemlich egal sein, ob sie hier oben mit Led Zeppelin oder den Rolling Stones Party machte. Lena grinste. Wenn sie jetzt *It´s All Over Now* oder *Sympathy For The Devil* auflegte, das würde ja fast passen wie die Faust aufs Auge. Apropos *Faust aufs Auge* ...

Endlich hatte sie mit dem Scheffer auch mal ihren Spaß gehabt. Anfangs hatte er sie noch aufs Übelste beleidigt und ihr gedroht: „Du stinkende kleine Fotze, dich müsste man mal so richtig durch ... "

Doch bevor Scheffer seine Visionen weiter ausführen konnte, hatte sie ihm ein paar kräftige Ohrfeigen verpasst. Er sah sie mit weit aufgerissenen Augen an und schwieg. Als er dann noch mit ihrem Ledergürtel Bekanntschaft machte, da wurde ihm plötzlich klar, dass sie keine Skrupel kannte. Mein Gott, wie er dann rumgejammert hatte! Vor allem als sie ihm mit der Zange den kleinen Finger ... so ein Jammerlappen!

Herrjeh, nur wegen eines kleinen Fingers!

Später, ja da hatte er immerhin einen Grund gehabt, zu heulen. Das hatte er aber auch verdient, dieser verdammte Tierquäler! Genauso wie die anderen miesen Typen vor ihm.

Lena schnupperte am Wein, nahm einen kleinen Schluck und riss sich eine Ecke von dem frischen Baguette ab. Mmh, köstlich, mit eingebackenen Olivenstückchen, formidable! Ach, hatte sie da nicht noch ´ne eingefrorene Pizza im Keller? Mit frischem Bio-Hack und Peperoni drauf? Ja, natürlich, die hatte sie doch erst letzte Woche im Supermarkt entdeckt. Eine neue Komposition, ganz nach ihrem Geschmack. Hackfleisch und Peperoni – schon bei der Vorstellung lief ihr das Wasser im Mund zusammen. Aber wo lag die Pizza bloß, lag sie unter dem Ragout? Auf dem

vegetarischen Erbseneintopf ... oder beim Schmorbra-
ten von Mutti? Oder lag sie etwa direkt neben den
Resten von Marc Scheffer? Da wär ihr aber ein Faux-
pas unterlaufen! Lena kicherte. Egal, die Pizza würde
schon irgendwo auftauchen, in dieser Gefriertruhe
konnte ja nichts verloren gehen. Lena Berghoff leckte
sich über die Lippen, jetzt hatte sie richtig Heißhunger
bekommen ...

Out of Order

„Hallo, wer ist denn da... ?"

„Ich bin´s ... "

„Sven?"

„Ja, ich sitz hier unten, im Café gegenüber. Das haste nicht erwartet, was?"

Am anderen Ende blieb es still.

„Da biste platt. Und ich hab nicht nur deine Nummer, Melanie, ich weiß sogar, wo du wohnst. Statt Penthouse mit Blick auf die Ruhr – jetzt Plattenbau in Wattenscheid-Westenfeld. Mit Balkon zur Autobahn. Alle Achtung, das hätt ich dir gar nicht zugetraut."

„Woher... ?"

„Woher ich das weiß? Ich hab meine Kohle, also die paar Kröten, die ihr mir noch gelassen habt, gut angelegt – in einen Spürhund. Einen Detektiv, der sich viel Mühe gibt, aber wenig fragt. Der hat dich gesucht und gefunden."

„Sven, was soll das? Du darfst dich uns nicht nähern."

„Das hab ich nicht vergessen, mein Herz. Wie denn auch? Ich seh eure Gesichter noch vor mir, du und dieser arrogante Rechtsverdreher. Und dein Vater, der alte Penner, der hat sogar applaudiert. Neun Jahre

Haft. Körperverletzung, Kindesmissbrauch ... ihr habt ja nichts ausgelassen."

„Du bist zu Recht verurteilt worden. Du hast ..."

„Ach, halt´s Maul! Den Scheiß muss ich mir nicht mehr anhören. Das mit deinem Arm ist nur passiert, weil du mich provoziert hast. Und das mit Lukas – ich hab ihn nur bestraft, aber nie missbraucht. Das warst wohl eher du. Hast nur verdammtes Glück gehabt, dass man mir nicht geglaubt hat."

„Was willst du hier, Sven?"

„Tja, das ist die Frage. Was will der Sven hier? Was will er wohl von der Frau, die ihn in den Knast gebracht hat? Na, lass uns einfach gemütlich zusammensitzen und ein bisschen über die alten Zeiten quatschen ... und über die Strafe, die du dafür verdient hast. Also, Melanie, sperr deine Lauscher auf: Ich trink hier noch in Ruhe meinen Latte aus und warte ab, bis der Regenschauer vorbei ist, dann komm ich rauf zu euch und... "

„Nein, das wirst du nicht tun! Ich ruf die Polizei!"

„Ach ja, die Bullen. Hab ich doch alles berechnet. Die Zeit reicht locker aus, um mit dir mal kurz Tacheles zu reden. Und ein wasserdichtes Alibi hab ich mir auch schon besorgt. Außerdem noch Handschuhe, aber die werde ich nur einmal tragen, nur heute zur Feier des Tages. Ganz exklusiv für unser Wiedersehen."

„Sven, mach doch keinen Blödsinn! Ich hab mir Pfefferspray besorgt, der liegt hier griffbereit neben mir. Und außerdem helfen mir meine Nachbarn. Da wohnt ´ne Studenten-WG, das sind alles kräftige Burschen."

Sven Haufinger zögerte. Ob da was dran war?

Er hatte den Detektiv doch angewiesen, alle Details genau auszukundschaften. Ja, es wohnten einige Studenten in dem Haus, mehrheitlich Frauen - aber von sportlichen Jungs war nicht die Rede gewesen. Sicher nur ein Bluff von ihr. Ganz im Gegensatz zum Pfefferspray - das war ihr zuzutrauen, da musste er auf der Hut sein.

„Alles nur heiße Luft, du kleine Hexe. Ich hab die Kellnerin gerufen, ich mach mich jetzt auf den Weg."

Sven ließ sein Smartphone in die Jackentasche gleiten und lächelte. Seine Frau ahnte ja nicht, dass er bereits vor ihrem Wohnblock stand. Da war er eindeutig im Vorteil. Sich bei Melanie anzukündigen, das hätte er sich natürlich sparen können, aber es war so ein Genuss! Ihre Angst, ihre Panik. Genau so, wie er es sich vorgestellt hatte. Er blickte sich nach einer geeigneten Stelle für seine Zigarettenkippe um. Jetzt nur nicht unnötig auffallen. Dann wählte er eine beliebige Klingel aus, rief „Post für ihren Nachbarn" und drückte die Tür auf. Er betrat den Hausflur und ging zügig aufs Treppenhaus zu ...

Hey, was war das denn? Was sollte das?

Absperrband! Die Treppen waren mit Packpapier ausgelegt, die Wand schien frisch gestrichen worden zu sein. Am Geländer war ein Pappschild befestigt: – *Wir renovieren für Sie - Benutzen Sie bitte den Fahrstuhl* – Sven zögerte. Er hatte das Gefühl sein Herzschlag würde stolpern, denn für einen Moment kam ihm dieser eine Gedanke, diese verrückte Idee: *Melanie hat dich erwartet ...* Ach, nee, so ein Blödsinn!

Er gab sich einen Ruck und wischte die Zweifel beiseite. Jetzt bloß nicht schlappmachen, keine Panik! Seine Phobien hatte er im Griff. Er hatte es doch trainiert. Ziemlich hart trainiert, sogar. In seiner Zelle und während der Sitzungen mit seinem Psychologen. Denn ein Kerl mit Platzangst oder Panik vor Spinnen, der hätte es im Knast nicht lange ausgehalten. Dafür hätten die anderen Knackis schon gesorgt. Okay, er würde sich nicht besonders wohlfühlen in dieser kleinen Kabine: steigender Puls, Schwitzen, leichte Beklemmungen. Aber das war auszuhalten, vor allem, wenn er seine Atemübungen machte. Er tippte auf den Sensor und wartete ... Hm, blockierte da jemand den Fahrstuhl?

Er ging eine Weile auf und ab, studierte den Aushang am schwarzen Brett und warf einen Blick auf die Uhr: Fast eine Minute war bereits vergangen. Aha, ein leises Brummen, da kam der Aufzug endlich. Die Tür öffnete sich - aber niemand stieg aus. Sehr schön, das lief besser als erwartet ... Nicht gerade geräumig, aber die paar Sekunden würde er durchstehen. Die

Acht gedrückt, das oberste Stockwerk. Die Tür schloss sich, es konnte losgehen ... Sven versuchte ruhig zu atmen und sich das Meer vorzustellen, so wie er es geübt hatte. Mit dem Seelenklempner im Knast. Dritter Stock, alles lief prima. Nur die Deckenbeleuchtung flackerte ein wenig. Sechster Stock und noch hatte niemand den Fahrstuhl angehalten. Gut, gut, sehr schön ... einzig dieses Licht, das flimmerte schon wieder. Egal. Die Augen schließen und ans Meer denken, die Ruhe bewahren. Gleich ist es vorbei, nur noch ein paar Meter... Der Fahrstuhl ruckelte und hielt an, endlich. Durchatmen. Aber ... was ... du lieber Himmel !?

Keine Tür, die sich öffnete, kein Lichtschein zu sehen. Das durfte doch nicht wahr sein - er steckte fest! Irgendwo zwischen den obersten Stockwerken. Und jetzt ... verdammt, jetzt hatte sich die Beleuchtung endgültig verabschiedet! Seine Hände suchten einen Halt, sie griffen ins Leere. Er konnte seinen Herzschlag hören, dumpf wie durch einen Wattebausch. Dadamm, dadamm ... bloß keine Panikattacke! Sven schloss die Augen und atmete tief durch. *Ruhiger werden, weiteratmen. Langsam die Augen öffnen, gelassen bleiben.*

Der blaue Schein des Notrufsensors tauchte die Kabine in ein gespenstisches Licht. Mühsam hob er seinen Arm, seine zitternden Finger hinterließen Schweißabdrücke auf der blaufunkelnden Kabinenwand. Er musste unbedingt diesen Notruf erreichen. Endlich, der Sensor! Er drückte, einmal, zweimal, dreimal. Keine Reaktion. Noch ein viertes Mal. Wieder nichts. Wütend tippte sein Finger in wildem Stakkato auf den Notrufsensor. Verdammt, wofür war der gut, wenn er im Ernstfall nicht funktionierte!? Seine Wut verflog aber eben so schnell, wie sie gekommen war, weil er spürte, dass seine Atemzüge hektischer wurden. Sie war zurückgekehrt, sie war wieder da ... seine Angst. Diese verdammte Angst, die seine Gedanken und Gefühle beherrschte! Mit den Händen tastete er vorsichtig die Ritzen der Kabinentür ab. Kam da genug Luft herein? Ihm war mulmig zumute, vielleicht fehlte es ihm schon an Sauerstoff ...

Plötzlich wurden seine Beine weich und kraftlos, die Kabine begann sich langsam zu drehen. Er stöhnte und sackte vornüber auf die Knie. Sein Kopf schlug zuerst gegen die Wand, dann auf den Boden. Das Blech war eiskalt, sein Körper begann zu zittern. Er versuchte um Hilfe zu rufen, brachte aber nur ein Krächzen hervor. Tränen liefen über seine Wangen, er wollte sie wegwischen, doch seine Hand reagierte nicht. Eine Weile lag er so da, regungslos auf dem kalten Untergrund. Bis er im Augenwinkel eine kleine Spinne entdeckte, die über den Boden der Kabine krabbelte. Anfangs irrte sie noch ziellos umher, dann näherte sie sich seinem Gesicht. *Heb deinen Kopf, hol mit der Hand aus* - doch sein Körper gehorchte ihm nicht mehr. Die Spinne würde in sein Gesicht klettern und dann in die Nase oder in seinen Mund, noch bevor er in dieser Kabine elendig verreckte...

Sven blinzelte in das flackernde Licht. Durch eine blaue Jalousie, die sich im Luftzug bewegte, schien es in den Raum hinein und tanzte über die Wände. Sven atmete auf, er war dem Aufzug entkommen. Seine letzte Erinnerung war diese kleine Spinne gewesen. Hier gab es sicher keine. Die Wände, der Boden, alles sah so weiß und steril aus ... auch die Bettlaken. Er versuchte sich zu drehen, doch irgendetwas bremste ihn. Ein Tropf neben seinem Bett. Sicher ein Medikament gegen seinen Schock. Sein Blick irrte umher, da die Notruftaste, direkt über ihm... er musste sich nur hochziehen und dann... Verflucht, seine Hände! Sie ließen sich nicht bewegen. Sven fröstelte, als er begriff, was ihn behinderte. Die Bettumrandung bestand aus einem stabilen Metallrahmen und seine Arme und Hände waren mit straffen Lederriemen daran fixiert. Die Tür knarrte, jemand hatte den Raum betreten. Sven drehte seinen Kopf zur Seite, der Mann stand nun direkt neben seinem Bett. Er seufzte, als er das Gesicht erkannte: Tatsächlich, das war „DocSock". Doktor Peter Sokolowski, der Knastarzt!

„Wird Papa wieder gesund?"

Die Stimme des Jungen klang besorgt. Melanie Haufinger strich ihrem Sohn sanft über den Kopf.

„Mach dir mal keine Sorgen, mein Spatz. Der kommt nicht mehr wieder."

Dann zog sie leise zählend einige Euroscheine aus ihrem Portemonnaie und steckte sie in einen Briefumschlag. Als sie sich wieder Lukas zuwandte, klingelte ihr Smartphone. „Ja, hallooo?"

Melanie blickte für einen Moment angestrengt zur Decke, dann entspannten sich ihre Gesichtszüge.

„Jetzt ist alles wieder okay, genau. Heute morgen gab es leider Probleme mit dem Fahrstuhl ... und die Treppen, die wollte ich Ihnen nicht zumuten."

Lukas trippelte Richtung Wohnungstür und rief seiner Mutter zu: „Ich geh dann mal zu Tom. Hausaufgaben hab ich schon gemacht."

Seine Mutter hielt mit einer Hand das Handy zu, ihre Miene wurde ernst.

„Du bleibst hier. Wir bekommen Besuch."

Sie wandte sich wieder dem Telefon zu.

„Eine Stunde? Aber ja, das geht in Ordnung. Und welches Programm? Einen Moment, bitte ... "

Melanie drehte sich zu ihrem Sohn um, und zwang sich ein Lächeln ab.

„Hör zu, mein Spatz. Das Gespräch hier dauert noch etwas. Bring doch schon mal den Umschlag rüber zu der Studentin, die weiß Bescheid.“

Als Lukas an der Tür gegenüber klingelte, öffnete ein junger Mann, Mitte zwanzig, von schlaksiger Statur.

„Soll ich dir wieder bei den Hausaufgaben helfen?“ Lukas schüttelte den Kopf und streckte dem Studenten den Briefumschlag entgegen.

„Ach, das ... das betrifft wohl eher die Anna ... ah, da ist sie ja schon.“

Der Mann wich einen Schritt zurück, im Türrahmen erschien eine junge Frau mit knallroten, kurzen Haaren, die sich schmunzelnd zu dem Jungen hinunterbeugte. „Hey Lukas, wie geht´s dir? Alles paletti? Ach, der Umschlag, der ist wohl für mich, was?“

Der Junge nickte und reichte ihr den Brief.

„Danke, vielmals. Willst du noch auf 'nen Kakao ?“

Lukas huschte blitzschnell in die Wohnung. Er setzte sich auf den erstbesten Stuhl, der ihm begegnete und blickte sich nach Anna um.

„Das mit dem Fahrstuhl, hast du das gemacht?“

„Möglich wär´s, ich studier nämlich Elektrotechnik. Aber mit diesem Aufzug hab ich natürlich nichts angestellt, falls dich mal jemand fragen sollte.“

Sie kniff ein Auge zu.

„Kann du ihn auch abstürzen lassen?“ Lukas sah Anna mit großen Augen erwartungsvoll an.

„Den Aufzug? Nee, modernste Technik, doppelt abgesichert, da ist nix zu machen. Ist auch gut so, dass niemand da rankommt. Aber du musst ja jetzt keine Angst mehr haben, deinen Vater haben wir außer Gefecht gesetzt."

Der Junge schüttelte energisch seinen Kopf.

„Doch nicht für den. Für die anderen Männer, die uns besuchen kommen."

Anna räusperte sich.

„Ja, diese Männerbesuche sind mir auch schon aufgefallen. Also, dass die Kunden deiner Mutter in eure Wohnung kommen, das find ich nicht okay."

„Das sind nicht Mamas Kunden."

„Aber ... was wollen die denn dann bei euch?"

„Mich", sagte der Junge flüsternd.

Der ältere Herr trug eine Sonnenbrille und einen dunklen Hut, den er sich tief bis über die Augenbrauen gezogen hatte. Er stieg ganz bedächtig aus seinem Volvo heraus, blickte sich noch einmal kurz in alle Richtungen um und bewegte sich mit leicht humpelndem Schritt auf das Hochhaus zu. Vor der Haustür stand Melanie, sie nahm noch eine Zug aus ihrer Zigarette, dann schnippte sie den Filter weg und reichte ihrem Gegenüber lächelnd die Hand.

„Guten Tag, Herr Professor. Ja, dann wollen wir mal. Der Junge erwartet Sie schon..."

Der Mann griff ihren Arm und zischte ihr zu: „Keine Namen, keine Titel, bitte!"

Trotz seiner Verärgerung hielt er Melanie die Fahrstuhltür auf. Im letzten Moment huschte Anna, die Studentin, noch mit hinein in die Kabine. In der einen Hand hielt sie ein Handy, in der anderen eine Boombox. „Alle in die Acht, richtig...", die Studentin lächelte den beiden anderen zu und drückte den entsprechenden Knopf. Dann wischte sie auf ihrem Smartphone herum.

„Von *AC/DC, Highway to Hell*, murmelte sie und begann im Rhythmus der Musik zu wippen. Melanie und ihr Gast sahen sich irritiert an und atmeten erst auf, als der Aufzug anhielt. Schnell huschten die beiden in Melanies Wohnung und zogen die Tür hinter sich zu. Der ältere Herr hängte zügig seinen Mantel auf und klopfte dann an die Tür des Kinderzimmers.

„Hallo, Lukas? Ich komm jetzt rein ..."

Nur wenige Sekunden später drückte jemand auf die Klingel von Melanie Haufingers Wohnungstür, fast im gleichen Moment wurde energisch geklopft. Melanie blickte durch den Türspion. Sie sah Anna, ein Stück dahinter eine Frau und drei Männer, die ihr unbekannt waren. Aus der anderen Wohnung schallte wieder dieses Lied herüber. *Highway to Hell*. Vielleicht war es eine Studentenparty und dem Mädchen fehlte es an irgendetwas? Sie öffnete, aber nur einen Spalt.

„Hallo, Anna. Kann ich dir behilflich sein?"

„Ach, könnten Sie Lukas vielleicht bitten, mir meine Minikamera zurückzugeben?"

„Wie? Was denn für eine Kamera? Von der weiß ich ja gar nichts."

Anna grinste: „Das ist auch gut so."

Ein durchtrainiert wirkender, schwarzhaariger Typ trat einen Schritt vor und hielt Melanie Haufinger seinen Ausweis und eine Dienstmarke unter die Nase.

„Gestatten Aras Toku, von der Kripo Bochum."

Er deutete auf die anderen Personen.

„Mein Kollege und die Unterstützung vom Jugendamt."

„Ähhh ... was ... wieso?"

„Da eine akute Kindeswohlgefährdung vorliegt, sind wir befugt diese Wohnung zu betreten, Ihren Sohn in Sicherheit zu bringen und Sie und Ihren Gast vorläufig festzunehmen."

Der Polizeibeamte zog Melanie Haufinger zur Seite und ließ die anderen eintreten. Dann wandte sich Aras Toku noch einmal Anna zu.

„Vielen Dank für Ihre Hilfe, auch im Namen des Jungen. Leider gucken viel zu viele einfach weg oder achten nicht auf die Hilferufe der Kinder. Wir kommen nachher noch einmal kurz zu Ihnen rüber."

Er zwinkerte der Studentin noch einmal zu.

„*Highway to Hell* - guter Song, den sollte man bei jeder Verhaftung spielen ... "

Irgendwann musst Du bezahlen

Es regnete seit Tagen ohne Unterlass und die Blumen, die Lea im Frühjahr gepflanzt hatte, ließen die Köpfe hängen. Auch die Astern und der rote Sonnenhut, die einzigen Sorten, die sich Thorsten Mönig hatte merken können.

„Ich pflanz dir ein wildes Blumenbeet mit ganz tollen Farben, Paps", hatte seine Tochter im letzten Frühjahr zu ihm gesagt.

„Ein buntes Durcheinander mit Bienen und Schmetterlingen, die dir Gesellschaft leisten. Und zu Weihnachten schenk ich dir ´nen Wellensittich."

Auf den Gedanken, sich ein Haustier zuzulegen, war Mönig auch schon gekommen. Irgendein fröhliches Tier, das die Stille im Haus erträglicher machte. Die Stille, die ihm seine Frau Kathrin und seine Tochter Lea hinterlassen hatten. Trotz alledem fühlte er sich immer noch heimisch in diesem kleinen, verschlafenen Stadtteil, mit dem Fluss und dem vielen Grün in seiner Umgebung. Thorsten Mönig war nicht nur in Bochum-Dahlhausen geboren worden und hier aufgewachsen, sondern Jahre später Lehrer an der Grundschule geworden, die er selbst schon als Knirps besucht hatte. Nebenbei hatte er sich zum Brandmeister bei der freiwilligen Feuerwehr hochgearbeitet. Reale Einsätze waren allerdings eher die Ausnahme, meistens wurden nur Übungen abgehalten, in alten Fabrikgebäuden oder am Ufer der Ruhr. Mönig mochte den Fluss, kannte aber auch seine Tücken. Vor allem bei Hochwasser, wenn sich die Ruhr wie ein riesiger Krake ausbreitete und alles mit sich riss, was ihr zu nahekam. Später, wenn sich das Ungeheuer zurückzog, ließ es den Einwohnern eine braune Brühe aus Schlamm, Treibholz und totem Getier zurück.

Nachdem der alte Bahndamm in Dahlhausen an mehreren Stellen gebrochen war, hatte sich der Fluss seinen Weg in die Siedlung gebahnt, wie eine Schlange, die auf Beute zustößt. Nur die höher gelegenen Gebäude ragten noch wie kleine Trutzburgen aus dem trüben Wasser hervor. Der Außenborder schnurrte gleichmäßig vor sich hin und pflügte sich seinen Weg durch die dunklen Wassermassen, vorbei an den verlassenen Häusern des Ruhrauenparks, die ohne das gewohnte Abendlicht nur finster und kalt wirkten. Im Bug des Bootes dagegen brannten zwei große Scheinwerfer, deren Lichter funkelnd auf der Wasseroberfläche tanzten. Seit dem Morgengrauen waren sie auf dem Fluss unterwegs, kontrollierten die leerstehenden Gebäude und versorgten diejenigen Bewohner, die sich geweigert hatten, ihr Heim zu verlassen.

Mönig betrachtete die Männer in seinem Boot – sie sahen erschöpft aus. Am Steuer saß Friedrich Berger. Der „Alte Fritz", wie er von den Einheimischen genannt wurde, war nicht mehr der Allerjüngste, doch als Besitzer des einzigen Bootsverleihs in Dahlhausen kannte er den Fluss so gut wie kein anderer. Jahrelang hatte Berger den kleinen Elektroladen am alten Markt in Bochum-Linden betrieben, Geräte geliefert und die anfallenden Reparaturen übernommen, vom kleinen Toaster bis hin zu den aufwendigen Alarmanlagen der Villenbesitzer an der unteren Uferpromenade. Doch als sich eines Tages in Linden ein Elektromarkt niederließ, gab Berger sein Geschäft auf und widmete sich fortan nur noch seiner großen Leidenschaft: den Booten.

Vorne im Bug hockte Malte Otz, Rettungsschwimmer und Taucher aus dem Nachbarort Hattingen. Ein Draufgänger, der das Überfahren einer roten Ampel für ein Kavaliersdelikt hielt und sich nur allzu gerne in die Raufereien beim Schützenfest stürzte, wenn er wieder mal zu viel getrunken hatte. Neben Mönig saß Mara Jochheim, eine Polizistin, die man der Bootsbesatzung noch kurzfristig zugeteilt hatte, weil es in dem Ort Wetter an der Ruhr zwei Tage zuvor zu einem Raubmord gekommen war. Das Opfer war ein wohlhabender Bürger gewesen, der seine Villa am Flussufer trotz des zunehmenden Hochwassers nicht verlassen wollte.

Mönig schüttete sich etwas dampfenden Tee in einen Becher. Er gähnte, über seinen Augenbrauen pochte es und sein Ischiasnerv machte ihm zu schaffen. Das nasskalte Wetter war Gift für seinen Rücken, aber das war nicht der einzige Grund, warum er schlecht geschlafen hatte. Wieder mal hatten ihn die Bilder eingeholt, die sich seit damals in seinem Kopf eingebrannt hatten ...

Knapp drei Jahre war es nun her, dass die Ruhr – so wie jetzt – über ihre Ufer getreten war. Mönig hatte seinerzeit mit Kamps, einem Kollegen von der freiwilligen Feuerwehr, nach dem Volleyballspiel noch auf ein Bierchen im „Lindener Dorfkrug" gesessen, als ihn die Nachricht auf dem Handy erreichte. Eine junge Frau war mit ihrem PKW in das hüfthoch stehende Wasser am Parkplatz vor dem Anglerheim in Dahlhausen gerauscht. Der Fluss hatte den Wagen kurz darauf angehoben und wie ein kleines Spielzeugauto mitgeschleift, um es schließlich neben einem alten Caravan auf dem überfluteten Campingplatz wieder abzusetzen. Die beiden Männer beschlossen, nicht auf ihre Kollegen zu warten. Sie parkten ihren PKW auf halber Höhe der Bahnhofsstraße, zogen sich Stiefel und Leuchtwesten an und stapften mit dem Abschleppseil unter dem Arm ins Tal hinunter. In der Zufahrt des Campingplatzes stand das Wasser kniehoch, doch mit jedem weiteren Schritt zur Ruhr hinüber wurde es tiefer. Das Dach des

Kleinwagens, ein pinkfarbener Renault Twingo, der Mönig bekannt vorkam, ragte noch ein gutes Stück aus der braunen Brühe hervor. Kamps schaltete seine Taschenlampe ein, ihr kräftiger Lichtstrahl spiegelte sich auf dem Wasser und tauchte den Wagen in ein gespenstisches Licht.

„Ist nur eine Person, sieht aus wie ´ne junge Frau. Wir sollten versuchen, sie da rauszuholen."

„Das seh ich genauso, Kampi. Ich besorg uns nur noch grünes Licht, dann legen wir los."

Mönig wählte die Durchwahl der Einsatzzentrale.

„Hallo, Zentrale, Mönig hier. Wir sind hier in Dahlhausen, auf dem Campingplatz. Das verunglückte Fahrzeug steht stabil, aber das Wasser steigt. Wir werden versuchen, die betroffene Person zu bergen."

„Hallo Mönig, wartet bitte auf die Kollegen. Sie werden in circa sieben bis acht Minuten bei euch eintreffen."

„Okay, Zentrale, versucht es mal in fünf. Bei dem Regen bleibt uns nicht viel Zeit."

Mönig stapfte ungeduldig durch das Wasser hin und her. „Hoffen wir mal, dass die gleich hier antanzen." Kamps zog nervös an seiner Zigarette.

„Verdammt, wir können doch hier nicht nur dumm `rumstehen und zusehen, wie die absäuft."

„Ja, ein Scheißdreck ist das, wir sollten was unternehmen ... das Wasser steht da höchstens einen Meter hoch."

Mönig zog ein Tempotuch aus der Hosentasche und begann mit zittrigen Händen, seine Brillengläser trockenzureiben. Du lieber Himmel, was war das? Er zuckte zusammen, fast wäre ihm die Brille aus den Fingern geglitten ... Diese Stimme, diese furchtbaren Laute! Das Heulen und Wimmern des Mädchens übertönte den prasselnden Regen und das Rauschen des Flusses. Es waren keine Worte, nur ein Gefühl: Todesangst. Die beiden Feuerwehrmänner hatten keine Wahl mehr ...

Mönig ließ sich von seinem Partner mit dem Abschleppseil sichern, dann stapfte er los, der erste Schritt, der zweite, ganz langsam. Wenn er ins Rutschen kam, hielt er kurz an, bis er wieder festen Boden unter den Füßen spürte. Schweiß tropfte ihm vom Kinn herunter, kaltes Wasser lief in seine Stiefel und die Hose. Was für ein irres Gefühl, dachte er, gleichzeitig zu frieren und zu schwitzen. Er arbeitete sich weiter voran, Meter um Meter, bis an das Heck des Wagens ... Verdammt, der Twingo bewegte sich! Etwas mehr Druck und die verfluchte Karre würde sich einen Teufel um ihn und das Mädchen scheren und sie beide mit ins tiefere Wasser ziehen. Mönig legte seine Hände sanft auf die Karosserie, der Fluss zerrte an seinen Beinen, jetzt nur keine hastigen Bewegungen. Da war die Fahrertür, das Fenster... Er sah den hoffnungsvollen Blick des Mädchens, der sich wie ein Magnet an ihn heftete. Und sie still werden ließ. Und dankbar. Dankbar dafür, dass er sein Leben riskierte und sie retten würde. Als er in ihre Augen sah, fiel es ihm wieder ein. Franziska, so hieß die junge Frau. Das Seitenfenster war offen, wie in Zeitlupe streckte er seinen Arm hindurch. Das Flusswasser umspülte ihren Körper mit kleinen Strudeln. Es sieht ganz harmlos aus, dachte Mönig, wie in einem Whirlpool. Franziska ergriff seine Hand und hielt sie fest.

Wie wunderschön sie ist, selbst jetzt noch, in dieser Situation ... für einen Moment ließ seine Körperspannung nach, der Fluss packte ihn in den Kniekehlen und versuchte ihn umzuwerfen. Doch vergeblich, das Mädchen hielt seine Hand eisern fest. Er blickte sie an, obwohl es ihm schwerfiel.

„Du musst mich kurz loslassen, Franzi, damit ich die Tür öffnen kann. Hab keine Angst, alles wird gut."

Sie sah ihn mit weit aufgerissenen Augen an und schüttelte heftig mit dem Kopf. Mönig begriff, freiwillig würde sie ihre Verbindung nicht lösen. Ohne lange nachzudenken, schlug er mit seiner anderen Hand zu, aber viel härter als beabsichtigt. Es befreite ihn von ihrem Griff, doch es brachte ihn auch aus dem Gleichgewicht. Er kippte nach hinten, ruderte für einen kurzen Moment mit seinen Armen in der Luft herum, bevor er ins Wasser und auf den schlammigen Boden fiel. Der Fluss nutzte die Gelegenheit, packte ihn und zog ihn erbarmungslos über den Grund, wie einen Cowboy, der hinter einem Pferd hergeschleift wird. Mönig suchte verzweifelt Halt zu finden, doch er riss sich nur an den Steinen und Ästen die Hände auf und wurde weitergetragen. Da vorne, ein Abwasserrohr, vielleicht seine letzte Chance! Seine blutigen Finger griffen zu, Mönig brüllte vor Schmerzen, ließ aber nicht los und umarmte das Rohr, so eng und innig wie eine Geliebte. Dann spuckte er etwas Wasser aus und atmete tief durch. Wie sollte er bloß wieder rauskommen aus diesem Schlamassel?

Doch bevor er einen Plan fassen konnte, spannte sich plötzlich das Abschleppseil und zerrte an seinem Brustkorb! Kollege Kamps versuchte, ihn zurückzuholen – mit aller Macht. Mönig hielt sich verzweifelt am Rohr fest, jetzt bloß nicht loslassen! Für einen Moment gab das Seil nach und Mönig lockerte seine Muskeln, doch dann ... ein kräftiger Ruck! Seine Hände verloren den Halt, er fiel rückwärts ins Wasser, der Fluss drehte ihn wie einen Ball hin und her, wirbelte ihn herum und riss ihm die Brille von der Nase ... Verdammt, wo war oben, wo war unten? Überall nur noch Grau und Schwarz ... Mönig schlug verzweifelt um sich, so als könnte er damit die bösen Geister des Flusses vertreiben. Doch anstatt die Luft anzuhalten, schrie er los, verschluckte sich an der Brühe, hustete heftig, würgte und spürte schon kurz darauf erneut kaltes Wasser in seine Luftröhre eindringen. *Was für ein armseliges Ende. Und nirgendwo ein strahlendes Licht*, mit diesem letzten Gedanken verlor er die Besinnung ...

Kamps schilderte ihm später, wie er ihn gemeinsam mit den anderen Feuerwehrmännern ans Ufer ziehen und wiederbeleben musste. Das achtzehnjährige Mädchen ertrank, bevor die Männer sie erreichen konnten. Franziska Schütter, Thorsten Mönig kannte sie vom Sehen. Eine Schulkameradin seiner Tochter Lea, die sie hin und wieder in ihrem Haus besucht hatte. Mönig erinnerte sich auch an die kurzen Gespräche, die er mit ihr geführt hatte. Eine wortgewandte junge Frau, bildhübsch und klug, ohne jegliche Allüren. Und erstaunlich reif für ihr Alter, wie Mönig fand. Eine beindruckende, kleine Persönlichkeit, die nun tot war ...

Seine Tochter gab ihm später – ohne es direkt auszusprechen – eine Mitschuld an dieser Tragödie. So wie alle anderen. Denn die Sekunden, die man benötigt hatte, um ihn zu retten, waren Franziskas Todesurteil gewesen. Mit dieser Gewissheit musste er nun leben, Tag für Tag, aber auch nachts, wenn ihn die Albträume plagten. Und niemand lag mehr neben ihm, niemand, der ihn trösten konnte ... Denn nur wenige

Tage bevor Franziska ertrank, hatte ihn seine Ehefrau Kathrin verlassen. Wegen eines Verdachts. Beweise hatte sie nicht gehabt, nur so eine Ahnung. Sie hatte ihm erklärt, dass es nicht sein Fremdgehen sei, das sie zur Trennung veranlasste, sondern das Gefühl, von ihm weiterhin belogen zu werden. Natürlich hatte er gelogen, aber doch nur, um ihre Ehe zu retten. Die Wahrheit hätte doch niemandem geholfen. Mönig fröstelte. Lag es an den Erinnerungen oder an dem eisigen Wind und dem verdammten Nieselregen? Eine Stimme riss Mönig aus seinen dunklen Gedanken.

„Wie wär´s mit ´nem Wachwechsel, ziemlich anstrengend hier vorne, in dieser Waschküche.“

Das war Malte Otz, der als Erster im Bug den Ausguck übernommen hatte.

„Schon gut, mein Junge, ich lös dich ab.“

Berger ging nach vorne und ließ sich auch nicht beirren, als Mara Jochheim ihn anfuhr: „Hey, alter Mann, übernimm dich bloß nicht. Sag uns Bescheid, wenn dir die Augen zufallen!“

Mönig legte der Polizistin eine Hand auf die Schulter.

„Immer mit der Ruhe, wir wechseln uns ja ab. Das wird bestimmt ´ne friedliche Nacht. Sieht und hört ja jeder, dass wir hier Patrouille fahren. Da wird kein Ganove irgendwas versuchen.“

„Na, für die bin ich gerüstet.“

Mara klopfte auf ihre Pistole im Halfter.

„Lass mal stecken, die werden wir nicht benötigen."
Die junge Polizistin brummelte etwas, dann herrschte Schweigen im Boot. Nur der Motor tuckerte gleichmäßig vor sich hin. Das Schlauchboot glitt durch die Wellen, sein Scheinwerferlicht glitzerte über das Wasser. Trotzdem sah keiner das Hindernis kommen ...

Der Aufprall erschütterte das Boot so heftig, dass der alte Mann über den Bug ins Wasser fiel. Berger schrie wie am Spieß, im gleichen Augenblick hechtete Malte zum Außenborder, um ihn zu stoppen. Während der Alte mit vereinten Kräften ins Boot gezogen wurde, trieb seitlich eine aufgedunsene Kuh vorüber. Mara fuchtelte mit dem Zeigefinger vor Bergers Nase herum.

„Verdammt, ich hab dir doch gesagt, dass du nicht einschlafen sollst. Wegen dir saufen wir noch alle ab, du Penner!"

„Hey, das hilft uns jetzt auch nicht weiter."
Mönig legte der Polizistin kurz seine Hand auf den Oberarm. „Guck lieber mal nach, ob wir was abbekommen haben."
Mara schluckte eine Erwiderung herunter und begab sich leise fluchend nach vorne. In der Zwischenzeit rubbelte Malte den Alten trocken und legte ihm eine Decke um. Zitternd saß Berger wie ein Häufchen Elend in der Ecke. Mara Jochheim klopfte ihm versöhnlich auf die Schulter.

„Wir haben Schwein gehabt, nix passiert. Gerade nochmal gut gegangen, alter Mann ..."

„Na, so ganz ohne Verluste sind wir nicht geblieben." Malte deutete auf den Bug, nur noch einer der beiden Scheinwerfer leuchtete. Er setzte den Außenborder wieder in Gang, doch das Boot bewegte sich nur sehr langsam und ruckelnd vorwärts.

„Der Motor fängt an zu stottern ..."

Berger räusperte sich.

„Der stottert nicht, da hat sich was in der Schraube verfangen."

„Ach, unter Wasser kannst du auf einmal sehen, oder wie?", fuhr ihn Mara an.

„Mit Booten kenn ich mich eben aus."

Berger stellte den Motor ab und zerrte an ihm herum.

„Der Außenborder lässt sich nicht mehr richtig bewegen, da muss einer runtergehen und nachsehen."

„Tja, das bin ja dann wohl ich ... "

Malte legte seine Schwimmweste ab, zog die Regenkleidung aus und ließ sich über den Bootsrand langsam ins Wasser gleiten. Ein paar Luftblasen noch, dann war Ruhe. Bis auf das monotone Geräusch des prasselnden Regens. Der alte Berger starrte gebannt auf das Heck des Bootes. Mara dagegen tat unbeteiligt, trommelte aber mit der einen Hand auf der Außenwand herum, während die andere mit dem Waffengurt spielte. Allmählich wurde auch Mönig unruhig.

Wo blieb Malte, wie lange konnte der Bursche seine Luft anhalten? Der Feuerwehrmann warf einen Blick auf die schwarze Brühe. Da sah man doch nichts. Jetzt vielleicht, da blubberten ein paar Luftblasen ...

Mönig beugte sich weiter über das Heck. Da war doch was, direkt unter der Oberfläche. Plötzlich sah er es deutlich vor sich: Aus dem trüben Wasser blickten ihn ein paar Augen an, die traurigen Augen einer jungen Frau. Entsetzt wich er einen Schritt zurück!

„Was 'n los Mönig? Hast du ein Gespenst gesehen, oder was!?" Mara bewegte sich auf ihn zu, doch im gleichen Moment schoss Malte aus dem Fluss, spuckte hustend Wasser aus und krabbelte hektisch zurück ins Boot. Dann legte er seinen Kopf über die Außenwand und übergab sich. Mönig klopfte ihm behutsam auf den Rücken.

„Mensch, Junge, zu viel von der Brühe geschluckt, was!? Kein Wunder, bei der Zeit, die du da unten warst."

„Mann, mir ist kotzübel. Da ... da hängt was an der Schraube. Ich glaub, das ist ein Hund."

„Was, ein Hund?!", rief Berger, sprang kurz auf, plumpste aber entkräftet wieder auf den Boden zurück.

Mönig packte den jungen Mann am Arm und schüttelte ihn kurz. „Malte, das ist nicht witzig. Hör auf uns zu verarschen!"

„Ich mach keine Witze. In der Schraube hat sich eine Schnur verfangen, und da hängt was dran. Und das sah aus wie ein großer Hund."

Für einen Moment starrten sie ihn an, als würde er etwas völlig Absurdes behaupten, doch sie ahnten, dass er die Wahrheit sagte. Hatte Mönig in die Augen eines toten Hundes geblickt? War es nicht ein junges Mädchen gewesen? Mönig atmete tief durch. Er war der Teamchef. Er durfte jetzt nicht die Nerven verlieren.

„Leute, wir haben keine Wahl, wir müssen das Tier raufholen. Oder hat jemand Lust ab jetzt zu rudern?"

Malte ging erneut ins Wasser. „Mir wird schlecht, wenn ich nur dran denke, so ein Mist!"

„Junge, hör zu. Du löst einfach das Seil von der Schraube, gibst es uns an, und den Rest machen wir."

Zu dritt zogen sie den toten Hund an Bord. Mönig drehte ihn behutsam hin- und her.

„Das ist der Schäferhund vom alten Trotzek, aus der Kaiserallee. Und dieses Tau ... verdammt, das sieht ja fast so aus, als ob den jemand gefesselt hätte."

Berger schüttelte ungläubig seinen Kopf.

„Ach was. Wahrscheinlich hat sich der Hund nur in einer Leine verfangen. Der ist schon länger im Fluss, der hat ziemlich viele Macken abbekommen."

Mara trat näher und sah sich die Wunden genauer an.

„So etwas hab ich schon mal gesehen. Das war nicht der Fluss. Hier zum Beispiel, diese kleine Brandwunde, da hat jemand eine Kippe in seinem Fell ausgedrückt." Malte schüttelte angewidert seinen Kopf.

„Fuck! Warum hab ich mich bloß für diesen Scheiß hier freiwillig gemeldet?"
Mönig wies mit dem Finger auf den Hund.

„Ist ja kein Geheimnis, dass Trotzek Skulpturen und Bilder sammelt. Deshalb hat er sich auch den Wachhund zugelegt. Sag mal, Berger, hat nicht dein Schwiegersohn die Alarmanlage in seiner Villa eingebaut? Damals hat Trotzek doch überall rumerzählt, wie teuer die vielen Kameras und Sensoren gewesen sind. Hat der nicht sogar ´ne Direktverbindung zum Polizeirevier bekommen?"

Berger blickte mürrisch.

„Ja, die hat er. Und ansonsten nur das Beste vom Besten, was auf dem Markt war. Aber zufrieden war der alte Geizhals trotzdem nicht. Ich kann ja mal auf dem Revier anrufen, der Paul Thomzik, der Dienststellenleiter, der ist mit mir zur Schule gegangen. Der müsste es wissen, wenn jemand beim Trotzek eingebrochen hat."
Berger kramte hastig sein Handy hervor und tippte auf dem Display herum. Mönig zögerte. Eigentlich hatte er hier das Kommando und so ein wichtiger Anruf ... ach egal, sollte Berger das doch erledigen. So hatte er

vielleicht das Gefühl, etwas gutmachen zu können. Während der Alte mit dem Revier telefonierte, bemühte sich Mönig darum, die anderen von seinem Plan zu überzeugen.

„Die versuchen aus Trotzek was rauszupressen. Bei dieser Strömung hat der Hund von der Kaiserallee bis zu uns nur ein paar Minuten gebraucht. Gut möglich, dass die Kerle noch in der Villa sind. Wir sollten sofort aufbrechen."

Mara Jochheim blickte ihn mit großen Augen an.

„Hey, wollen wir uns wirklich mit diesen Typen anlegen, sollten wir nicht besser auf die Verstärkung warten?"

Berger nickte zustimmend.

„Ja, der Paul hat gesagt, sie kommen so schnell wie möglich und dass wir uns zurückhalten sollen."

Mönig schüttelte den Kopf.

„Leute, hört zu. Ich hab ja auch Schiss. Aber wer weiß, was sie mit Trotzek gerade anstellen ... Vielleicht sind wir seine einzige Chance." Niemand widersprach, Mönig schaltete den Außenborder wieder ein und das Boot nahm Kurs auf die Kaiserallee.

„Ey, das Licht flackert", Malte deutete auf den Scheinwerfer.

„Dann ist der Akku leer", stellte Berger fest.

Nach wenigen Metern verlosch die Lampe endgültig.

Mönigs Hände zitterten, sie waren eiskalt, denn er hatte seine Handschuhe vergessen. Der Himmel war finster, der Fluss pechschwarz. Und die Häuser nur noch kalte Ruinen, mit dunklen Fenstern, die sie misstrauisch beäugten. Der Regen hatte wieder zugenommen, über Mönigs Brille perlten Wassertropfen. Dahinter sah er nur endloses Grau, so düster wie der Schatten auf seiner Seele. War das eine Art Prüfung, oder eine Strafe? Aber hatte er nicht schon genug durchgemacht? Er konnte doch nichts dafür, dass Franziska ertrunken war. Ja sicher, er hätte damals auf die Kollegen warten müssen. Doch das Jammern des Mädchens, das hatte er nicht ausgehalten, das hätte doch niemand ausgehalten! Okay, die anderen hatten kostbare Zeit verloren, weil sie damit beschäftigt waren, ihn aus dem Fluss zu holen. Aber hatte er nicht auch sein Leben riskiert, um das Mädchen zu retten?

Zählte das etwa nichts?

Das Plätschern des Wassers riss Mönig aus seinen trüben Gedanken, irgendjemand hatte den Motor abgestellt. Die Männer begannen zu rudern. Das schmiedeeiserne Tor in der Einfahrt der Villa schien verschlossen, doch als sie näherkamen, bemerkten sie, dass es einen Spalt geöffnet war. Vor dem Gebäude selbst sah man von Weitem einen Schatten, der auf dem Wasser schaukelte, ein Motorboot. Sie ruderten langsam und leise zum Hintereingang der Villa. Die rückwärtige Tür des Gebäudes tanzte lautlos im Wasser hin und her, sie war aufgebrochen worden.

Berger blieb zur Bewachung an Bord zurück, die Übrigen kämpften sich mit Mara an der Spitze durch das kniehohe Wasser. Aus dem oberen Stockwerk vernahm man undeutliche Stimmen. Wie in Zeitlupe durchquerten sie Schritt für Schritt den unteren Flur. Als sie den Treppenaufgang fast erreicht hatten, hob sie die Hand. Die Gruppe hielt an. In der Dunkelheit zeichnete sich am untersten Treppenabsatz eine merkwürdige Silhouette ab. Wie erstarrt blieben sie stehen, erst ganz allmählich wurde ihnen klar, was sie da vor sich sahen. Entsetzt starrten sie auf Trotzek. Man hatte den alten Mann an einen Stuhl gefesselt und in das eiskalte, ansteigende Flusswasser gestellt. Mara schlurfte weiter bis zur Treppe und legte für einen Moment ihre Finger an Trotzeks Hals.

Sie wandte sich den anderen zu und flüsterte: „Er lebt noch, aber sein Puls ist sehr schwach. Wir müssen ihn sofort aufs Boot bringen.‟

Mühsam hoben Malte und Mönig den alten Mann mitsamt dem Stuhl an und versuchten ihn zu tragen. Die junge Polizistin ging auf die Treppe zu und zog ihre Waffe.

„Ich geb euch Deckung ...‟, zischte sie.

Den größten Teil des Flurs hatten die beiden Männer bereits hinter sich gebracht, als Mara plötzlich ein unterdrücktes Stöhnen von sich gab. Mönig blickte sich um. Sie deutete auf etwas neben der Treppe, was von Weitem in der Dunkelheit wie ein Müllsack aussah. Mönig schlich sich näher heran und erkannte, was der jungen Frau so einen Schrecken eingejagt hatte. Ein lebloser Körper, der sanft auf dem Wasser schaukelte. Er schaltete die kleine Taschenlampe an seinem Schlüsselbund ein und drehte den Toten herum.

„Verdammt, diese Schweine!", entfuhr es ihm.

Mönigs Fluchen schallte durch den Flur, die Stimmen im Obergeschoss verstummten. Der Tote war Fritz Bergers Schwiegersohn. Für einen Moment herrschte Stille, nur das Gurgeln und Plätschern des Wassers war zu hören... Mönig zuckte zusammen, ein Knall wie ein Kanonenschlag! Er blickte zu Mara hinüber, die sich an die Schulter fasste und mit einem erstaunten, fast kindlich wirkenden Ausdruck in den Augen auf das Loch in ihrer Regenuniform blickte. Dann reagierte sie, machte einen Schritt weg von der Treppe und feuerte ihre Waffe ab, blindlings mehrere Schüsse nach oben. Man hörte stampfende Schritte und lautes Fluchen in einer fremden Sprache, währenddessen stolperte Mara durch den Flur in Richtung Ausgang. Mönig erstarrte. Dumpf vernahm er, dass Malte lautstark auf ihn einredete, sah wie der Rettungsschwimmer sich Maras Arm über seine Schulter legte und sie an der Hüfte umfasste, um sie nach draußen zu bringen. Unfähig sich zu bewegen, spürte Mönig, wie eine kräftige Hand ihn packte und schüttelte, dann hörte er den alten Berger rufen: „Los, wir müssen Trotzek zum Boot bringen und hier verduften!"

Mönig gab sich einen Ruck und half Berger den bewusstlosen Mann an Bord zu hieven. Malte warf den Motor an, sie hüllten zuerst Trotzek, dann sich selbst in Decken.

„Die haben das schnellere Boot, ist nur eine Frage der Zeit, wann sie uns einholen. Besser wir fahren zum Eisenbahnmuseum rüber, das liegt zum großen Teil auf dem Trockenen."

Mönig war verblüfft, soeben hatte Berger das Kommando übernommen. Aber es klang doch vernünftig, was er vorgeschlagen hatte. Gut, man hätte auch versuchen können, der erwarteten Verstärkung entgegenzufahren. Nur, wenn diese Schurken das schnellere Boot besaßen ...

„Pack mal mit an."

Mönig half Malte, die Polizistin mit Decken abzustützen, und reichte ihm den Erste-Hilfe-Kasten. Dann begann Malte, der jungen Frau Jacke und Hemd auszuziehen. Mara stöhnte, dann umklammerte sie seinen Arm. „Bursche, mach bloß keinen Fehler. Wenn du das ausnutzt, um an mir rumzufummeln, dann ... "

Malte grinste. „Na klar, dann erschießt du mich."

„Ganz genau."

Die Polizistin musste lächeln, verzog dann aber ihr Gesicht, weil die Bewegung Schmerzen verursachte. Malte strich ihr kurz über die Wange, nahm dann aber seine Hand blitzschnell zurück, so als ob er sich über seine eigene Kühnheit erschreckt hätte.

„Ich würde sagen – noch mal Glück gehabt. Die Kugel ist glatt durch die Schulter, ob da aber noch mehr kaputt ist ... keine Ahnung. Wir verbinden das ordentlich und sehen zu, dass du ins Krankenhaus kommst.“

Als sie sich dem Eisenbahnmuseum näherten, schaltete der alte Berger den Motor aus.

„Wir rudern zum Lokschuppen rüber und schlagen uns zum Hauptgebäude durch.“

Berger steuerte das Boot neben eine große, alte Dampflok. „Wir heben Trotzek und Mara erstmal rüber in den Führerstand. Sieht so aus, als wäre da hinten Licht im Museum. Die könnten uns helfen, die beiden zu bergen.“

Mönig nickte kurz, dann blickte er über den Fluss.

„Wo bloß die Verstärkung bleibt, ich werde da gleich nochmal nachfragen... “

Malte und Mönig setzten Mara in die Lok, dann hoben sie Trotzek aus dem Boot und versuchten, ihn die Zugleiter hinauf zu bugsieren.

„Mensch, Berger, pack doch mal mit an. Sonst kriegen wir den Trotzek da nicht rauf.“

„Ihr beiden schafft das auch ohne mich. Tut mir leid, Freunde, aber hier trennen sich unsere Wege. Ich verdufte jetzt."

Langsam drehte Mönig sich um. Komisch, dass er nicht überrascht war, in die Mündung einer Pistole zu blicken. „Hab ich´s doch geahnt! Irgendwas war hier faul. Du wusstest, dass diese Ganoven das schnellere Motorboot besitzen, weil es eins von deinen ist."

Mönig machte durch das Wasser ein paar Schritte auf Berger zu. Der schüttelte mit dem Kopf, blickte den Feuerwehrmann mit großen Augen an.

„Bleib stehen, Mönig. Ich will mich nicht mit dir anlegen."

Berger hob seine Hand, sodass alle die Waffe erkennen konnten, die er Mara Jochheim entwendet hatte.

„Ich hab das wirklich nicht gewollt. Das mit Trotzek und seinem Hund. Aber mit der Verstärkung kann´s leider noch etwas dauern. Ich musste den Anruf ins Polizeirevier vortäuschen, weil mein Schwiegersohn in der Sache mit drinhängt."

„Verdammt nochmal, warum hast du das gemacht, warum hast du dich mit solchen Leuten eingelassen?"

„Spielschulden. Die hatte mein Schwiegersohn schon öfter, nur dieses Mal, da hat´s ihn wirklich übel erwischt. Völlig skrupellose Burschen, diese Geldeintreiber. Sie haben nicht nur ihn, sondern auch seine Familie bedroht. Wir hatten keine Wahl."

„Mensch Berger! Diese Dreckskerle haben Trotzek und seinen Hund gefoltert. Höchstwahrscheinlich sind sie auch für diesen Raubmord in Wetter verantwortlich. Und deinen Schwiegersohn, den ...", Mönig zögerte, seinen Satz zu beenden.

„Mein Schwiegersohn? Was ist mit Thomas!?"

Bergers Stimme wurde lauter.

„Was ist mit dem Jungen, Mönig, sag´s mir!"

„Es tut mir leid ... um deinen Schwiegersohn. Er ist tot, sie haben ihn umgebracht. Wahrscheinlich, weil er versucht hat, Trotzek und seinen Hund zu beschützen."

Berger starrte ihn mit großen Augen ungläubig an.

„Mein Gott, Thomas ... der konnte doch keiner Fliege was zuleide tun. Diese Schweine!"

Für einen Moment herrschte betretenes Schweigen, in der Ferne vernahm man ein Motorengeräusch, das ganz allmählich näherkam ... „Die suchen das Flussufer ab. Aber viel Zeit haben sie nicht dafür, das Risiko wird zu groß. Ich werde auf die Ruhr rausfahren und ´ne Leuchtkugel abfeuern, das wird ihnen gar nicht gefallen. Und dann ..."

Berger hob seine Waffe.

„Ich weiß schließlich, an welcher Stelle ich das Boot treffen muss. Mir tut es so leid, was passiert ist, sag das bitte auch den anderen. Nun ... ein jeder muss irgendwann für seine Schuld bezahlen."

Berger warf den Motor an.

„Fritz, bleib hier, das macht doch keinen Sinn!"

Mönig stapfte durch das Wasser auf das Boot zu. Als es langsam Fahrt aufnahm, warf er sich in den Fluss und begann zu schwimmen, obwohl ihm klar war, dass er Berger auf diese Weise nicht stoppen konnte. Der Abstand zum Boot vergrößerte sich, doch Mönig wollte nicht aufgeben und kämpfte verzweifelt gegen die Wellen.

„Thorsten komm zurück, du schwimmst zu weit raus!" Malte winkte ihn zu sich, doch Mönig fühlte sich plötzlich nur noch müde und kraftlos, er ließ sich treiben ... Eine Druckwelle erschütterte die Luft und fegte etwas Wasser über seinen Kopf hinweg. Er drehte sich kurz auf den Rücken und sah flussaufwärts einen flackernden Lichtschein. Der alte Fritz hatte seine Schuld beglichen und die Mörder versenkt! Für einen Augenblick empfand Mönig Genugtuung, doch dann erkannte er im Lichtschimmer, wohin ihn sein Weg führte. Oh Gott! Er war bereits hinausgezogen worden, mitten in den Strom. Mönig versuchte, gegen den Sog anzukämpfen, doch der Fluss ließ ihn nicht mehr los. Wie hatte es der alte Berger ausgedrückt: „Ein Jeder muss für seine Schuld bezahlen ..."

Mönig schluckte Wasser und hustete. Seine Schwimmzüge wurden hektischer, das Atmen fiel ihm schwer. Und dann spürte er es auf einmal, er spürte es ganz deutlich. Wie die Schuld zurückkehrte, zurück aus der Tiefe seiner Seele: eine zierliche Hand, die sich ihm verzweifelt entgegenstreckt. Dunkelblaue Augen, die ihn traurig anblicken. Die Augen eines jungen Mädchens, der er durch das Fenster seine Hand gereicht hatte. Die nicht mehr schrie, weil sie auf einmal wieder Hoffnung sah. Bis Mönig zugeschlagen hatte. Weil er so wütend gewesen war ...

Mönig legte sich noch einmal auf den Rücken. Ein Brummen und flackernde Lichter, die näherzukommen schienen. Sie suchten nach ihm. Sollte er winken und um Hilfe rufen? Oder sollte er sich fallen lassen und endlich seinen Frieden finden? Der Fluss würde ihn bestimmt in seinen Armen wiegen und die Augen des Mädchens würden ihm zulächeln und ihm verzeihen. Mönig schrie kurz auf, ein Ast hatte sich in seinen Oberschenkel gebohrt. Er war an den Uferrand getrieben worden, seine Füße hatten sich in irgendwelchen Büschen verfangen.

„Thorsten!?"

Das war die Stimme von Malte, der anscheinend den Fluss absuchte. Doch Mönigs Beine wurden plötzlich schwer wie Blei, etwas zog ihn mit aller Kraft nach unten. Schlingpflanzen vielleicht ... Mönig griff an seine Füße und versuchte sich zu befreien, doch im gleichen Moment stieß er einen gellenden Schrei aus! Was seine Finger berührt hatten, waren keine Pflanzen gewesen, sondern Hände! Eiskalte Hände, die seine Beine umfasst hielten. Und wieder sah er die Augen vor sich, die ihn aus dem Fluss heraus angestarrt hatten ... Die Augen von Franziska Schütter! Verdammt, warum nur war sie in den Fluss gefahren?

Er hatte ihr doch ausführlich und sehr rücksichtsvoll alles erklärt. Dass ihre Beziehung keine Zukunft mehr haben würde. Schon gar nicht, nachdem sie schwanger geworden war. Dabei hatte er ihr doch das nötige Geld und eine seriöse Adresse gegeben. Man hätte sich friedlich trennen können und alles wäre gut gewesen. Stattdessen nahm sie einfach Tabletten, fuhr mit dem Wagen in den Fluss und sendete ihm eine SMS.

Es tut mir leid, ich und unser Kind, wir können ohne dich nicht leben. Wir gehn in den Fluss, dann musst du dir keine Sorgen mehr machen. Ich liebe dich. Franzi.

Verdammte Göre!

Sein kräftiger Faustschlag war nicht geplant gewesen, aber sie hätte ihn nicht so wütend machen dürfen. Saß da in ihrem pinkfarbenen Twingo, hielt ihn fest und ließ ihn nicht mehr los. Und lächelte ihn plötzlich an. Da hatte er zugeschlagen ...

Jetzt spürte Mönig ihre Hände, diese Hände, die so zärtlich und leidenschaftlich zu ihm gewesen waren. Nun aber waren sie eiskalt und zogen ihn mit aller

Macht in die Tiefe. Machte es noch Sinn, dagegen an-zukämpfen? *Irgendwann musst du bezahlen.*

Das war doch nur gerecht.

„Thorsten?"

Ein Scheinwerfer blendete Mönigs Augen, sein Kopf ragte nur noch ein kleines Stück aus dem Wasser.

„Thorsten, ich seh dich! Halt dich über Wasser, ich komm dich holen!"

Ich hab mich verschluckt ... nur ein Hustenreflex, das geht vorüber ... alles geht vorüber. Aber irgendwann muss man bezahlen. Jetzt ist der Zeitpunkt gekom-men. Diese andere Stimme klingt viel vertrauter und sie ruft mir ebenfalls zu: „Ich komm dich holen ... "

„Verdammt! Ich seh ihn nicht mehr ..."

Der Rettungsschwimmer zog seine Regenjacke aus.

„Fuck. Ich bin das so leid, die Taucherei in dieser Brühe!"

Malte stieg über den Bootsrand und ließ sich in den Fluss gleiten ...

Goldschimmer

Warum habt ihr mich allein gelassen?

Für einen Moment schien es Althaus, als ob ihn die Augen fragend ansehen würden. Doch der Blick des kleinen Jungen war leer, nur Regentropfen perlten auf seiner Haut wie Tränen hinunter. *Warum habt ihr mich allein gelassen?* Rasch drehte der Polizist dem Toten seinen Rücken zu und klopfte sich etwas Schlamm von der Hose. Er musste Distanz bewahren. Trotzdem war Althaus erleichtert, als die Spurensicherung ihre Koffer verschloss und der Kleine nicht mehr wie ein Stück verfaultes Holz im Schlamm lag. Doch das Schlimmste stand den Beamten noch bevor: Sie mussten die Eltern des Jungen aufsuchen.

Es war nur eine kurze Fahrt über die leere Landstraße vom Kemnader See hinauf nach Bochum-Stiepel, dorthin, wo für gewöhnlich die feinen Leute wohnten. Niemand sprach ein Wort, nur das monotone Quietschen der Scheibenwischer war zu hören. Knirschend brachte Pia Holzner den Streifenwagen in der kiesbedeckten Auffahrt zum Stehen. Sie verharrte einen Moment regungslos, holte tief Luft, atmete wieder aus und wandte sich ihrem Kollegen zu.

„Wir losen, okay?"

Sie begann, in ihren Taschen zu wühlen ...

Althaus starrte auf das abgebrochene Streichholz.

„Verdammte Hühnerkacke!"

Er spuckte er auf den Boden und drückte auf den Sprechknopf. Doch bevor er etwas sagen konnte, ruckelten die Tore zur Einfahrt auseinander. Holzner wies mit einer kurzen Kinnbewegung auf die oberhalb der Mauer angebrachte Kamera. Über eine kleine Allee gelangten sie in den Vorhof einer alten Villa. Ein hellgraues Gebäude, umrahmt von gleichmäßig angeordneten Blumenkübeln mit Pflanzen, die einen gepflegten Eindruck hinterließen. Holzner griff nach dem Arm ihres Kollegen. „Denk dran, wir sind hier nur die Streifenhörnchen. Wir überbringen nur die schlechte Nachricht, mehr nicht."

Der Mann, der sie an der Tür empfing, hatte dunkle Ränder unter den Augen und sah müde aus. Mit einem kurzen Griff rückte er seine Krawatte zurecht. Althaus zögerte einen Moment – es galt, die richtigen Worte zu finden. Doch sein Gegenüber kam ihm zuvor. Der Mann machte keine Anstalten, ihm die Hand zu reichen, sondern deutete nur kurz auf sich.

„Gestatten, Doktor Zagorny. Einen guten Abend vermag ich Ihnen nicht zu wünschen, den schließt Ihr Besuch ja wohl aus. Ich bitte auch um Verständnis, dass *ich* Sie hier an der Tür in Empfang nehme, aber unsere Hausdame hat bereits Dienstschluss. Treten

Sie sich bitte Ihre Schuhe ab, bevor Sie hereinkommen."

Althaus stutzte. Im Allgemeinen begegneten ihm die betroffenen Personen mit Trauer und Sprachlosigkeit. Manche auch mit Wut. Oder sie deuteten eine Verwechslung an und verleugneten die Tatsachen. Aber dieser Typ war von einem anderen Kaliber.

„Meine Gattin lässt sich entschuldigen. Sie hat ein Beruhigungsmittel eingenommen und sich zu Bett begeben. Ich habe Luise allerdings versprochen, sie zu wecken, wenn es Neuigkeiten geben sollte. Doch lassen wir sie lieber noch etwas ruhen. Ich gehe mal davon aus, dass Ihr Erscheinen mit dem Verschwinden meines Sohnes zu tun hat."

Zagorny zog kurz die Augenbrauen hoch und fuhr dann, ohne eine Antwort abzuwarten, fort.

„Maximilian ist nach einem Disput mit seiner Mutter ziemlich durcheinander gewesen. Als er dann mit seinem Fahrrad zum See hinunterfuhr, trotz des stürmischen Wetters und obwohl ich es ihm verboten hatte, da habe ich meine Schlussfolgerungen gezogen. Max ist... also, er war kein guter Schwimmer."

Althaus sah zu Holzner hinüber und erkannte in ihren Augen, dass sie ähnlich dachte wie er. *Schlussfolgerungen gezogen ... er war kein guter Schwimmer ...* Sprach dieser Mann wirklich von seinem Sohn, dem kleinen Jungen, der im Uferschlamm gelegen hatte?

„Herr Zagorny, wir müssen Ihnen leider mitteilen, dass ihr Sohn Maximilian am Ufer des Kemnader Sees tot aufgefunden wurde."

Althaus räusperte sich ein paar Mal, doch Zagorny zeigte keinerlei Reaktion.

„Wir haben ihn anhand seines Schülerausweises identifizieren können. Dem ersten Anschein nach ist er ertrunken, eine Obduktion wird morgen früh stattfinden. Erst dann wissen wir Genaueres. Meine Kollegin und ich, wir waren bei Ihrem Jungen, bis die Spurensicherung kam. Er lag ganz friedlich dort am Ufer. Unser aufrichtiges Beileid."

Für einen Moment herrschte Stille. Althaus senkte den Blick. „Darf ich Ihnen noch eine Frage stellen?"

Pia Holzner sah ihren Kollegen überrascht an, sagte aber nichts. Der Hausherr nickte kaum merklich.

„Herr Zagorny, wer hat Ihren Sohn zuletzt gesehen?"

„Doktor, bitte. Doktor Zagorny. Und was Ihre Frage betrifft: Zuletzt gesehen hat ihn unsere Hausdame, Frau Sanchez. Maximilian fuhr mit dem Rad die Kemnader Straße hinunter, sie hat ihn leider nicht aufhalten können."

Der Hausherr wischte sich mit dem Handrücken kurz über die Nase.

„Pardon, ich bin etwas durcheinander. Und müde. Wir warten seit so vielen Stunden ..."

Althaus nickte ihm zu.

„Vielen Dank, Herr ... Doktor, für Ihr Verständnis. Wir bemühen uns immer, den Sachverhalt möglichst zeitnah zu klären, trotz der traurigen Umstände. Ich lasse Ihnen diese Liste hier, da stehen Psychologen und Seelsorger drauf, an die Sie sich wenden können. Die zuständige Dienststelle wird sich morgen früh bei Ihnen melden. Dann können Sie sich auch von Ihrem Sohn verabschieden."

Althaus streckte seine Hand aus, sie griff ins Leere.

„Wir werden sie nicht benötigen, diese Liste. Falls wir überhaupt jemanden kontaktieren müssen, haben wir Verbindungen zu erstklassigen Fachleuten, alles Experten von hervorragendem Ruf. Ich geleite Sie noch zur Tür hinaus."

Holzner wendete den Wagen und fuhr die Allee hinunter. Vor dem Torbogen hielt sie an.

„Was sollte das denn? ‚Darf ich Ihnen eine Frage stellen?‘ Mensch, Klaus, wir sind doch keine Ermittler, sondern nur die Überbringer einer beschissenen Nachricht."

„Hör mal, Pia, dieser Typ, was für ein Arsch! ‚Treten Sie sich die Schuhe ab ... Doktor, Doktor Zagorny, bitte.‘ Und wie der über seinen Sohn gesprochen hat! Mann, den hätt ich am liebsten ..."

Holzner schüttelte den Kopf.

„Ach was. Dieses Getue ist sicher nur Selbstschutz.

Der Mann hat sein Kind verloren, ich möchte nicht in seiner Haut stecken."

Das Tor ruckelte zur Seite und quietschte leise, der Streifenwagen rollte hinaus. „Ah, verflucht!"

Eine zierliche Gestalt in dunkler Kleidung, die Kapuze tief in die Stirn gezogen, war neben dem Seitenfenster aufgetaucht. Holzner öffnete es, ein kalter Wind fegte herein, jemand beugte sich zu ihr herunter, von der Kapuze tropfte Regen auf ihre Uniform.

„Hey, was soll das?", rief Holzner.

Die Stimme, die ihr antwortete, klang ängstlich.

„Er darf mich hier nicht sehen. Ich bin Frau Sanchez, das Hausmädchen. Maximilio ist ertrunken, oder?"

„Mein Gott, haben Sie uns erschreckt."

Die junge Frau erwiderte nichts, drehte nur kurz ihren Kopf zu allen Seiten.

„Er darf mich hier nicht sehen. Die Kamera reicht nicht bis hierhin, ich hab es ausprobiert. Sie müssen die Lehrerin fragen, die vor Gericht stand. Sie soll jetzt in Köln arbeiten. Er hat dafür gesorgt, dass sie verschwinden musste."

„Frau Sanchez, warum kommen Sie nicht zu uns aufs Revier und erzählen ..."

Die Gestalt schreckte heftig vom Fenster zurück.

„Nein, nein, auf keinen Fall! Er würde mich bestrafen, so wie er sie bestraft hat. Fragen Sie die Lehrerin. Der arme Junge, Gott sei ihm gnädig."

Die Frau machte ein flüchtiges Kreuzzeichen, drehte sich um und verschwand wieder in der Dunkelheit.

„Mensch, hab ich's doch geahnt, dass hier was faul ist! Wir sollten die alle aufs Präsidium bestellen und in die Mangel nehmen ..."

„Warten wir's ab, Klaus. Die Kripo wird ihre Arbeit schon machen."

Zwei Tage später rief Dienststellenleiter Kleinert die Beamten Holzner und Althaus in sein Büro. Er kniff die Lippen zusammen, so wie er es immer tat, wenn ihm die Entwicklung eines Falls nicht besonders gut gefiel.

„Ich weiß ja, dass euch der tote Junge noch immer beschäftigt. Also: Der Zagorny wäre 2005 fast mal verurteilt worden, wegen illegalen Kunsthandels. Doch der Bursche ist dank seiner Frau ziemlich wohlhabend, und so haben ihn die Rechtsanwälte da wieder rausgeboxt. 2012 ist er noch einmal aktenkundig geworden, Selbstanzeige, Steuerhinterziehung. Er hat die Kohle nachgezahlt und das war's."

Kleinert schnipste mit den Fingern.

„Ansonsten macht er auf feiner Pinkel, dieser Doktor der Ingenieurwissenschaften. Er arbeitet im Management einer großen Baufirma. Ist seit fünfzehn Jahren verheiratet mit seiner Frau Luise, geborene Bärendorf. Stinkreich, die Dame, war früher als Partyhäschen verrufen."

Althaus beugte sich hastig vor und fuchtelte mit seinem Zeigefinger vor Kleinerts Nase herum.

„Chef, lassen Sie die beiden antanzen, wir nehmen sie uns vor und dann..."

„Ich kann Sie ja verstehen, Althaus, aber wir sind nicht die Kripo. Und gegen die Rechtsverdreher des Doktors hätten wir keine Chance, die spielen in einer ganz anderen Liga. Abgesehen davon hält sich seine Frau seit dem Tod der kleinen Tochter mehr in Sanatorien auf als zu Hause. Das Mädchen wurde vor etwa einem Jahr überfahren. Auf der Straße vor Zagornys Villa. Schlimme Sache, so was, ziemlich übel ... Stand ja damals groß in der Zeitung."

Der Dienststellenleiter drehte sich unruhig auf seinem Bürostuhl hin und her. Er schien auf eine Reaktion zu warten, doch niemand sagte etwas. Für eine Weile betrachtete Kleinert seine Schuhspitzen, dann warf er einen kurzen Blick auf die Armbanduhr, straffte seine gekrümmte Haltung und fuhr fort.

„Okay, was nun die pathologische Untersuchung des Jungen angeht, da wurden tatsächlich einige ältere Verletzungen festgestellt, deren genaue Ursache allerdings schwer zu ermitteln ist. Für einen Anfangsverdacht wegen Kindesmisshandlung hätte es unter Umständen ausgereicht." Kleinert machte eine Pause.

„Was soll das heißen ‚unter Umständen'?"

Althaus' Augen funkelten.

„Nun ja, wenn wir die Eltern jetzt an den Pranger stellen, machen wir uns verdammt unbeliebt. Außerdem ist dieser Zagorny ein äußerst einflussreicher Mann. Vor ein paar Monaten hat sich die Grundschullehrerin des Jungen an das zuständige Jugendamt gewandt und einen Verdacht auf Kindesmisshandlung geäußert. Der zuständige Bochumer Amtsarzt war seinerzeit krankgeschrieben, deshalb wurde das Kind von einem hinzugezogenen Experten untersucht. An dessen Gutachten ließ sich nicht rütteln."

Der Dienststellenleiter tippte mit den Fingerspitzen der einen Hand gegen die der anderen.

„Er hat bei dem Jungen eine ausgeprägte ADHS-Problematik diagnostiziert, die zu den Verletzungen geführt haben soll. Ein Zappelphilipp, der ständig über die eigenen Beine fällt, mehr nicht. Die Anschuldigungen des Jungen waren nach Meinung des Mediziners die Folge einer kindlichen Angstneurose, bedingt durch die Überforderung und sehr strenge Erziehung seiner Eltern. Aber dafür wird natürlich niemand bestraft."

Holzner, die bislang geschwiegen hatte, zog die Stirn in Falten. „Was ist denn mit dieser Sanchez, seiner Hausdame, die schien doch etwas zu wissen."

„Daraus wird leider nichts. Die Frau hat panische Angst. Sie wird nicht aussagen, schon gar nicht, wenn wir sie unter Druck setzen. Und dieser Lehrerin hat der gute Zagorny damals eine Verleumdungsklage

163

angehängt. Das Verfahren wurde zwar eingestellt, aber die junge Frau hat sich kurz darauf nach Köln versetzen lassen. Und will sich auch nicht mehr dazu äußern, was verständlich ist ... Okay, Leute, das ist schon sehr ärgerlich, wie das hier abläuft, aber wir bewegen uns da auf sehr dünnem Eis, denn offiziell ist das nicht mehr unser Fall. Ob es uns passt oder nicht, das muss jetzt die Kripo erledigen. Und was man da so hört, wird das Verfahren in Kürze wohl eingestellt. "

Kaum hatten die beiden Beamten das Polizeigebäude verlassen, fummelte Holzner eine Zigarette aus der Packung. Ihre Hände zitterten.

„Jetzt brauch ich erst mal 'ne Zichte."

Althaus legte seiner Kollegin die Hand auf die Schulter.

„Die Sache ist noch nicht vorbei, Pia. Ich werd ein langes Wochenende einreichen, Überstunden abfeiern. Zeit genug, dem feinen Herrn Zagorny mal auf den Zahn zu fühlen. Ich ruf ihn an und behaupte, dass von unserer Seite noch ein paar Fragen offen wären. Mal sehen, wie der reagiert."

Holzner nahm einen kräftigen Zug, legte ihren Kopf in den Nacken und blies einen Ring aus Rauch in die Luft. „Junge, Junge. Wenn das rauskommt, das gibt richtig Ärger, Klaus. Darauf kannste wetten."

„Is mir egal, das Risiko nehm ich in Kauf. Weißt du ... der Kleine, wie er so dalag, im Schlamm am Ufer, da dachte ich für einen Moment, er guckt mich an. Es klingt vielleicht merkwürdig, aber ich werd das Gefühl nicht los, dass ich ihm was schuldig bin."

Die Morgensonne glitzerte durch die feuchten Baumwipfel der kleinen Allee, in denen ein lebhaftes Treiben herrschte. Althaus schien es fast so, als wollten alle, die dort auf den Ästen saßen, ihre Erleichterung über das Ende der Dunkelheit und den nächtlichen Sturm hinausposaunen. Er stapfte die Auffahrt hinauf, seinen alten Polo hatte er an der Straße geparkt. Der Kies unter seinen Schuhen knirschte gleichmäßig, das Geräusch gefiel ihm. Trotzdem, an so einem Morgen sollte es regnen und düster sein, dachte er und erschrak im gleichen Moment darüber, dass der Eindruck der gepflegten Grünanlagen ihm Zagorny für einen Moment sympathischer erscheinen ließ. Der Mann hatte auf seinen Anruf völlig gelassen reagiert und sich bereit erklärt, alle Fragen zu beantworten, die der Aufklärung dienlich wären. Den einzigen Trumpf, den Althaus noch ausspielen konnte, hatte er Hans-Werner Bruck, einem alten Kumpel aus der Polizeischule, zu verdanken. Der war bei der Kripo gelandet, ihn hatte er gebeten, die Fakten des alten Falls noch einmal zu überprüfen.

„Weil du's bist, Klaus, sonst hätt ich's nicht gemacht. Wenn das rauskommt, sind wir geliefert, mein Junge. Soweit, so schlecht. Also, ich hab den Ordner noch mal gründlich durchgewälzt – war aber nix zu finden."

„Keinen Anhaltspunkt, gar nichts? Was ist denn mit dieser Lehrerin?"

„Die gibt keinen Kommentar, will mit der Angelegenheit nichts mehr zu tun haben. Nun dachte ich, den Fall kannste abhaken. Bis meine bessere Hälfte – natürlich rein zufällig – mal in die Unterlagen reingeguckt hat. Und jetzt pass auf. Meine Frau fragte mich danach, warum bei der Begutachtung des Jungen der Amtsarzt aus Bochum durch einen Experten aus Hamburg ersetzt wurde ... Tja, da war ich platt. Sie hatte ja recht. Es praktizieren doch genug kompetente Mediziner im Ruhrgebiet, warum musste es unbedingt der Professor Bergmann aus Hamburg sein? Gab es vielleicht irgendeine Verbindung zwischen ihm und Zagorny? Tja, und dann hab ich mich an ein Bild auf seiner Homepage erinnert. Der Professor mit Freunden beim Segeln auf der Ostsee. Und bei unserem Herrn Doktor fand ich – Facebook sei Dank – einen *Gefällt-mir-Daumen* für einen Yachtclub. Konnte doch kein Zufall sein, oder? Und siehe da, ein Volltreffer! Beide sind Mitglied im Kieler Segelclub, Mensch, die kannten sich! Das Gutachten über Zagornys Sohn war womöglich eine Gefälligkeit unter Freunden."

Mehr hatte sein Kollege Bruck allerdings nicht herausfinden können. Ob das ausreichte, um Zagorny aus der Reserve zu locken?

Am Treppenaufgang zur Villa blieb Althaus stehen. Er zögerte. Zagorny und seine Frau hatten ihre beiden Kinder verloren. Für einen Moment dachte er an seine eigene Tochter und fühlte sich elend. War das nicht unanständig, was er vorhatte - hier aufzutauchen und den Privatdetektiv zu spielen? Waren die zwei nicht genug gestraft? Der Polizist schüttelte den Kopf. Was hatte er sich nur dabei gedacht? Er würde auf der Stelle umdrehen und ...

„Ach, Herr Althaus, da sind Sie ja. Pünktlich wie die Feuerwehr oder wie in Ihrem Fall, die Polizei. Treten Sie ruhig ein, keine Scheu. Niemand da. Heute sind wir beiden ganz unter uns. Da können wir von Mann zu Mann in Ruhe über alles reden."

Althaus zuckte zusammen. Obwohl er zu früh an der Villa eingetroffen war, schien Zagorny bereits auf ihn gewartet zu haben, auch wenn seine äußere Erscheinung nicht darauf schließen ließ. Unrasiert und ungekämmt, das Hemd hing ihm aus der Hose. Aber woher wusste der Typ seinen Namen? *Dreh dich um und geh*, sagte eine Stimme in Althaus laut und deutlich, *hier ist was faul.*

„Kommen Sie ...", Zagorny legte seinen Arm um die Schulter des Polizisten und schob ihn in die Wohnung.

„Setzen Sie sich doch."

Der Hausherr deutete auf die helle Ledergarnitur, auf der es sich bereits einige Essensreste bequem gemacht hatten.

„Wenn mein Besuch ungelegen kommt, dann ..."

„Nein, nein, Herr Althaus, überhaupt nicht. Ich kann etwas Gesellschaft gebrauchen. Gestern sind die Fische im Aquarium verendet, hatten wohl kein Futter mehr. Und Frau Sanchez hat mir gekündigt. Schade eigentlich, war 'ne fleißige Person. Falls Sie meine Frau vermissen sollten, die befindet sich zurzeit in der Psychiatrie. Und Kinder, die uns stören könnten, gibt's ja auch nicht mehr. Wir sind also ganz unter uns, wir beiden."

Althaus strich ein paar Krümel vom Sofa herunter.

Das hier lief nicht so wie erwartet.

„Möchten Sie auch einen Scotch, Herr Althaus? Nein? Zu früh am Morgen, was? Aber im Dienst sind Sie ja nicht. Überrascht? Ist nur eine logische Schlussfolgerung: keine Dienstwaffe, kein Streifenwagen. Ihren Namen herauszubekommen, das war schon etwas schwieriger. Aber ich wollte natürlich wissen, mit wem ich es zu tun habe."

Zagorny betrachtete den Whiskey in seinem Glas, das er gedankenverloren hin und her drehte.

„Ist in etwa so wie beim Golfen. Da muss ich auch die Schwächen und Stärken meines Gegenübers kennen, um das Spiel zu gewinnen."

Zagorny stellte das Glas ab, Eiswürfel klimperten. Das Geräusch lenkte den Blick des Polizisten für einen kurzen Moment auf den Tisch. Er hatte das Gefühl, ein Stromschlag würde ihn treffen, so wie damals als kleiner Knirps, auf der Kuhwiese am hohen Hang, als die Grabowski-Brüder ihn abgefangen und dann gegen den Elektrodraht gedrückt hatten. Die Waffe, die auf Dr. Zagornys Tisch lag, wirkte auf den ersten Blick wie ein antikes Museumsstück. Daneben lagen eine hölzerne Schachtel, ein paar Lappen, eine offene Dose mit Fett. Zagorny nahm die Pistole in die eine Hand und fuhr sanft mit den Fingern der anderen darüber.

„Ein altes Erbstück, französische Duellpistole, noch sehr gut in Schuss, wenn ich mir dieses Bonmot erlauben darf."

Zagorny grinste und zielte auf seinen Gast.

„Genauigkeit ist nicht gerade die Stärke dieser Waffe. Doch aus der kurzen Entfernung könnte ich Sie gar nicht verfehlen. Die Wirkung eines Treffers ist ziemlich eindrucksvoll. Gab damals hässliche Wunden, von denen sich die meisten Opfer nicht mehr erholt haben."

Althaus spürte, dass sich auf seiner Stirn ein paar Schweißtropfen gebildet hatten.

„Ich wäre Ihnen dankbar, wenn Sie die Pistole nicht länger auf mich richten würden. Stellen Sie sich doch nur mal vor, das Ding ginge versehentlich los. Das sähe ja nicht sehr sportlich aus, einen unbewaffneten Mann aus zwei Metern Entfernung zu erschießen.“

Zagorny zögerte. Fast schien es so, als ob er ernsthaft über dieses Argument nachdenken müsste. Althaus merkte, wie die Tropfen von seiner Stirn hinunter zum Kinn liefen. „Entschuldigen Sie, bitte.“

Zagorny legte die Waffe auf den Tisch zurück.

„Das gute Stück ist natürlich nicht geladen. Warum sollte ich Sie auch erschießen? Sie tun doch nur Ihre Pflicht. Oder das, was Sie dafür halten.“

Althaus atmete auf.

„Wenn Sie ´ne Cola da haben, dann würde ich mir jetzt gerne ein Glas mit 'nem Schuss Whiskey gönnen.“

Die Miene seines Gegenübers spiegelte für einen Augenblick Entsetzen.

„Oh, Gott, was für eine Sünde! Dieser Longmorn ist fast zwanzig Jahre alt, ein edles Tröpfchen. Aber gut, für Sie mache ich eine Ausnahme. Als Sie das erste Mal hier waren, da konnte ich es in Ihrem Gesicht lesen. Dass Sie Maximilians Tod nicht kalt ließ, dass Sie betroffen waren und sich Gedanken gemacht haben. Mitgefühl scheint aus der Mode gekommen zu sein. Aber Sie, Sie haben mich positiv überrascht.“

Wenn uns die Pia so sehen könnte, dachte Althaus, als Zagorny ihm zuprostete.

„Trinken wir auf die Gerechtigkeit, die wir uns alle so sehr wünschen, die aber leider trotz unserer Gesetze und Gesetzeshüter nicht immer siegt."

Für einen Moment schwieg der Hausherr und kratzte sich an seinen Bartstoppeln, dann fuhr er fort: „Was aber ist gerecht? Sie zum Beispiel denken, dass jemand die Verantwortung für den Tod meines Sohnes übernehmen und dafür bezahlen muss. Aber wer sollte das sein?" Zagorny blickte in sein Glas.

Althaus nutzte den Moment.

„Ich meine, wer Schuld auf sich geladen hat, der sollte dafür auch büßen."

Zagorny rümpfte die Nase.

„Ach ja ... Schuld und Sühne ... wenn das nur so einfach wäre. Nehmen wir mal unsere kleine Mathilda. Wer war verantwortlich dafür, dass sie an einem wunderschönen Frühlingstag von einem 18-Tonner direkt vor unserer Einfahrt überrollt wurde? Unsere Kinder durften den Park ja nicht verlassen, das hatten wir ihnen verboten. Trugen sie deshalb eine Mitschuld? Die beiden nutzten aber auch eine Unachtsamkeit unseres Hausmädchens aus, die in ein privates Telefonat vertieft war. Unverantwortlich. Der Lkw-Fahrer fuhr nicht viel schneller als erlaubt, hatte aber schon viel zu lange am Steuer gesessen. Der Mann weinte vor Gericht, er wurde zu einer Bewährungsstrafe verurteilt. Und meine Frau und ich? Luise weilte zum Shoppen in der Stadt, ich saß vor meinem PC und war in die aktuellen Aktienkurse vertieft. Wären wir an diesem Tag mit unseren Kindern in den Zoo gegangen, dann würde Mathilda noch leben."

Zagorny starrte auf die Eiswürfel in seinem Whiskey, denen er durch das leichte Schwenken des Glases ein Klimpern entlockte. Althaus räusperte sich.

„Vielleicht sollte ich jetzt besser gehen und wir lassen die Dinge auf sich beruhen ..."

Der Polizist erhob sich.

„Was denn, Sie wollen sich einfach davonschleichen? Sie bleiben gefälligst hier. Setzen Sie sich wieder hin!"

Althaus zögerte. Einen Augenblick zu lang. Unerwartet schnell griff sein Gegenüber zur Waffe und fuchtelte damit vor Althaus` Nase herum. Das Graubraun in Zagornys Gesicht verwandelte sich in ein fleckiges Rot. „Verdammt nochmal, was ist denn mit Ihren Fragen und den Antworten, die Sie suchen?"

Mit dem Ärmel wischte sich Zagorny etwas Spucke aus dem Mundwinkel. Althaus` Stimme klang beschwörend.

„Handeln Sie nicht unüberlegt. Wir finden für alles eine Lösung, bestimmt."

„Eine Lösung, na klar. Die gibt's doch immer. Sie ziehen das Pferd, ich meinen Turm. Aber riskieren Sie auch Ihre Dame oder Ihren König? Im Gegensatz zu Ihnen hab ich nichts mehr zu verlieren, meine besten Figuren sind bereits aus dem Spiel. Setzen Sie mich doch matt und triumphieren Sie. Ich wische das Brett vom Tisch und jage mir eine Kugel in den Kopf."

Althaus musste sich entscheiden. Einen Kampf riskieren oder auf Zagornys Einsicht hoffen ...

„Denken Sie doch an Ihre Frau. Die braucht Sie doch. Gerade jetzt, wo Ihnen das Schicksal so übel mitgespielt hat."

Zagorny blickte ihm noch eine Weile in die Augen, dann packte er die Pistole in aller Ruhe ein, legte sie zurück und schloss den Holzkasten zu. Währenddessen bemühte sich Althaus, mit zitternden Händen das klebrige Diensthemd vom Rücken zu lösen.

„Ich schenke Ihnen noch ein Glas ein, mit Eis und Cola, so wie Sie es mögen."

Althaus wollte ablehnen, bekam aber kein Wort heraus. Zagorny bereitete den Drink zu, als ob seine Zusammensetzung eine besondere Kunst wäre, dann reichte er seinem Gegenüber das Glas.

„Sie wollen die Wahrheit wissen, und Sie riskieren etwas dafür. Meinen Respekt, auf Ihr Wohl."

Althaus nickte und prostete Zagorny zu. Dabei umklammerte er das kühle Glas, damit es nicht aus seinen schweißnassen Händen glitt.

„Nach dem Tod unserer Tochter bekam Luise Depressionen, über Wochen, über Monate hinweg. Bis sie eines Tages einen Verantwortlichen ausmachte für ihr Unglück. Von da an ging es mit ihrer Psyche bergauf. Maximilian aber, der sich zuvor schon selbst Vorwürfe gemacht hatte, dem ging es ab diesem Zeitpunkt sehr schlecht. Ich versuchte ihn zu beschützen, so gut es ging, aber ich wollte auch meine Frau nicht verlieren, deshalb schickte ich Luise zum Psychiater und dann ins Sanatorium. Danach lief es für eine Weile ganz gut für uns. Aber in den Tagen, bevor Max zum Fluss hinunterfuhr, war ich beruflich viel unterwegs. Bis Frau Sanchez mich anrief. Sie war völlig aufgelöst. Luise hatte einen Rückfall erlitten. Sie hatte Max nicht nur geschlagen, sondern ihm auch ins Gesicht geschrien, dass sie ihn hasst und sich wünschte, *er* wäre tot anstelle seiner Schwester.“

Zagorny hielt inne, hob sein Glas gegen das Licht und besah es sich von verschiedenen Seiten.

„Mal heller, mal dunkler, dieses Braun. Es gibt Sorten, die einen schöneren Farbton aufweisen. Ist doch merkwürdig, dass man einem edlen Goldschimmer einen besonders exquisiten Geschmack zuordnet. Dabei ist der Longmorn ein wirklich exzellenter Whiskey.“ Zagorny sah sein Gegenüber erwartungsvoll an, Althaus nickte ihm zu, erwiderte aber nichts.

„Der äußere Anschein sagt also in diesem Fall nichts über die Qualität aus. Das, was man für die Wahrheit hält, hat mit der persönlichen Wahrnehmung und eigenen Erfahrungen zu tun. Betrachten Sie mal unseren Fall. Auf der einen Seite ein misshandelter Junge, der tot im Dreck liegt. Auf der anderen Seite ich, ein scheinbar gefühlloser Vater, der Sie, den Gesetzeshüter, wütend macht. Das passte doch zusammen. Aber die Wahrheit ist eine andere."

Zagorny nahm einen Schluck aus seinem Glas und leckte sich über die Lippen.

„Nun, die Psychologen sind sich nicht sicher, ob meine Frau jemals wieder so gesund wird, dass sie ihre Schuld begreifen und verarbeiten kann."

Er zuckte mit den Schultern. Blickte stumm in sein Glas und schwieg. Althaus konnte keinen klaren Gedanken fassen. Er hatte ja nichts wissen wollen von der Verzweiflung der Eltern, einzig den anklagenden Blick des Jungen vor Augen gehabt. *Warum habt ihr mich allein gelassen?* Er ärgerte sich, war wütend auf sich selbst. Wütend darüber, dass er die Zusammenhänge dieser Familientragödie nicht durchschaut und Zagorny viel zu früh verurteilt hatte. Er sollte sich entschuldigen, irgendetwas sagen. Doch alles, was ihm durch den Kopf ging, erschien ihm unpassend und hohl. Zagorny atmete hörbar ein und aus.

„Jetzt kennen Sie die ganze Wahrheit. Was Sie damit anfangen, das müssen Sie selbst entscheiden. Um mich muss sich niemand Sorgen machen. Sehen Sie aus dem Fenster, das ist doch kein Tag, um sich oder andere zu erschießen.‟

Als er die Villa verließ, verspürte Althaus eine tiefe Traurigkeit, die ihm aber angemessen erschien. Er wusste ja, dass sie ihn bald schon wieder verlassen würde. Es gab in diesem Fall keine Täter, nur Opfer. Die Morgensonne war inzwischen über die Baumwipfel geklettert und tauchte die Blumen in helle Farben. Die Vögel sangen immer noch um die Wette, und eine leichte Brise ließ Althaus tief Luft holen. Auf dem Rückweg würde er ein paar Blumen besorgen und beim Bäcker reinschauen. Für ein zweites Frühstück mit seinen beiden „Mädels‟. Vielleicht hatten die zwei noch Lust auf einen Familienausflug, in den Tierpark oder einfach nur ein Stück an der Ruhr entlang ...

Althaus setzte sich in seinen Wagen und schaltete das Radio ein. Auf WDR 4 lief ein Oldie, *„Born to be wild‟*, einer seiner Lieblingssongs. Er drehte die Lautstärke voll auf, grölte mit und startete den Motor. Es gab ein leises Geräusch, einen dumpfen Knall. Bestimmt der Auspuff von seinem alten Polo. Althaus gab Gas und blickte nach vorn. Die Vögel auf Zagornys Anwesen, die hinter ihm kreischend und flatternd davonstoben, sah er nicht mehr ...

Die Farben der Kindheit

Achim wanderte von einem Stein zum anderen, er seufzte. Gar nicht so einfach, einen geschmackvollen Grabstein zu finden. Den hier, den Graubraunen, den hätte er fast übersehen, so versteckt hinter einer Holzpalette mit Blumenkübeln. Der könnte passen. Ein kantiger Stein mit ein paar geschwungenen Linien im Zentrum. Wie Bäume an einem Flussufer, dachte der junge Mann und sah für einen Moment die Farben seiner Kindheit...

Die Ruhr glitzerte unter dem wolkenlosen Himmel in dunklem Blau, der Bergmannsbusch, das kleine Wäldchen am Rande der Siedlung, zeigte ein sattes Grün. Die roten, saftig-süßen Erdbeeren winkten Achim zu. Am unteren Ende des Gartens, direkt hinter dem Zaun, stand ein riesiger Betonklotz, der die gute Aussicht verdarb. Graubraun. Hier wohnten die Leute, die nicht dazugehörten. Nicht zu der Reihenhaussiedlung im Bergmannsfeld. Wie zum Beispiel der Junge mit den roten Locken und der alten, abgenutzten Lederhose. Die trug er jeden Tag, egal, ob die Sonne schien oder der Frost ihm die Waden blau färbte. Harald war ein Mitschüler aus der ersten Klasse in der Volksschule. Er war kein Rüpel, nicht mal besonders dumm. Aber wenn er den Mund aufmachte, dann stotterte er, deshalb sagte er lieber gar nichts. Manchmal kam Harald ohne Hausaufgaben in die Schule. Wie leichtsinnig – Hausaufgaben, die waren doch das Wichtigste! Achim machte sie immer, mit größter Sorgfalt. Er wollte doch nicht auffallen. Aber Harald, dieser Esel, der stand schon wieder in der Ecke. Hatte nur Glück, dass sie nicht geschlagen oder an den Ohren gezogen wurden. Ihr Klassenlehrer Herr Hoppe, der jeden Morgen akkurat im Anzug erschien, verlangte zwar Ordnung und Disziplin, aber er bestrafte nur noch mit bösem Blick und lauter Stimme – verprügelt wurde niemand mehr. Der Pastor allerdings, er versuchte den Kindern im Religionsunterricht nicht nur Gottes Gebote näherzubringen, sondern auch seine ganz persönliche Auslegung der Nächstenliebe: kräftige Ohrfeigen für jedermann.

„Der Herr ist streng, aber gerecht!", behauptete er dann. Achim fragte sich, woher der Pastor das so genau wissen wollte.

Ja, manchmal, da hätten sie eine Strafe verdient gehabt. Da war sich Achim sicher. Zum Beispiel für diese Sache mit den Spinnen. Mit einem Stock holten sie die Ahnungslosen aus ihrem Netz und schüttelten sie ab, in eine leere Streichholzschachtel. Sie schoben die Schachtel wieder zu, und dann ... dann zündeten die Jungen sie an! Man hörte nur das Zischen des Schwefels, sonst keine Geräusche. Wenn die kleinen Kreuzspinnen geschrien hätten – Achim wäre losgerannt, gerannt und gerannt, bloß weit weg! Aber sie verbrannten ganz still und leise. Doch davon erzählte Achim natürlich niemandem. Schon gar nicht seinen Eltern.

Achims Vater saß jeden Abend vor dem Fernseher und sah sich Quizsendungen an. Oder den *Kommissar.* Er rauchte nur eine einzige Zigarette, aber er trank ziemlich viel. Meistens Bier, zur Not auch mal Schnaps, doch den vertrug er nicht so gut. Seine schönen, blauen Augen wurden im Laufe des Abends glasig-rot. Nachts schrie er manchmal im Schlaf, dann träumte er vom Krieg. Achims Mutter war anders. Sie wollte das Leben genießen und schwebte mit Gerhard Wendland durchs Wohnzimmer. *Tanze mit mir in den Morgen ... tanze mit mir in das Glück...*

Am Sonntag musste Achim seine Mutter in die heilige Messe begleiten. Sie beteten und sangen, hörten der Predigt zu und den Fürbitten: *Herr, wir bitten Dich erhöre uns!* Sie sangen und beteten und wurden dafür belohnt: *Der Herr segne und behüte dich, Amen!* Tags zuvor ging Achims Mutter zur Beichte, da wurde ihr alles verziehen. Drei Ave Maria und ein Vater Unser. Ob sie dem blondgelockten Kaplan auch davon erzählte, was sich in ihrem Keller abspielte? Wenn sie die Tür hinter Achim zuzog und sorgfältig abschloss, zweimal den Schlüssel herumgedreht ...

„Marschier los!", zischte sie ihm dann zu.

Im Büßermarsch ging es die Treppe hinunter, bis ganz nach hinten in die Waschküche. Muffig und düster. Aber es gab auch einen kleinen Lichtschimmer dort, durch ein vergittertes Kellerfenster. Wenn Achim da hinausguckte, sah er das untere Ende des Gartens. Kein einziger Laut drang von hier nach oben, kein Schniefen, kein Schluchzen. Auch nicht das Klatschen des Kleiderbügels. Seine Mutter fand immer einen Grund für seine Bestrafung. Mal war es die Vier minus in Schönschrift, mal war es der Ausflug zur Ruhr, von dem sie nichts wissen durfte. Oder aber das Fußball-spielen mit dem Bruder im Wohnzimmer.

Einmal kam sie abends beschwipst nach Hause, stol-perte im Flur und fiel auf die Nase. Sie jammerte vor Schmerzen, Achim lachte. Sie rappelte sich auf, pack-te ihn und zerrte ihn ins Wohnzimmer. Dort drückte sie ihn gegen einen Sessel, zog ihm die Hosen herun-ter und strich, für einen Moment fast zärtlich, über seinen Po. Vor den Augen seines Vaters und der älte-ren Geschwister. Die standen dabei, sagten nichts, glotzten nur mit großen Augen und offenem Mund. Dann drosch sie auf ihn ein. Es war das einzige Mal vor Zeugen. Sonst aber nahm sie sich Zeit und ging mit Achim in den Keller. Sein Vater und die Geschwister wussten zwar, was dort unten geschah, doch sie rührten keinen Finger und redeten auch nicht darüber...

„Los, die Hose runter! Hände an die Wand und vorbeugen!"
Achim versuchte, sich so hinzustellen, dass er den Blick durch das Kellerfenster erwischte. Als er die warmen, weichen Hände auf seinem nackten Hintern spürte, stand er wie versteinert. Doch als ihre Finger zwischen seine Schenkel kriechen wollten, wand er sich heftig und versuchte sie abzuwehren.

„Soso, kleiner Mann, du willst wohl lieber Prügel, was? Die kannst du gerne haben ..."
Mit dem ersten Schlag verschwamm alles, Achim erkannte nichts mehr, doch der Junge wusste, er war da. Der Betonklotz. Riesig war er und stark, dem konnte niemand etwas anhaben. Den schlug niemand kaputt. In Graubraun, Achims neuer Lieblingsfarbe.

Es war an einem sonnigen Herbsttag ... die meisten Kinder brüteten noch über ihren Hausaufgaben, Achim hatte seine schon erledigt. Er jagte mit seinem Bruder durchs Haus. Zwei Geheimagenten, die sich mit Erbsen beschossen. Herumtoben im Haus war natürlich verboten, das mit den Erbsen sowieso. Doch der Vater war ja noch auf Arbeit und Mutter nahm eines ihrer Schönheitsbäder. Das dauerte oft eine Ewigkeit, bis der Dampf sie wieder freigab und sie die Treppe hinunterstieg, langsam wie eine Diva aus einem dieser Kinofilme. In der Küche stand sie dann schwitzend mit glühendroten Wangen und halbgeöffnetem Bademantel am Kühlschrank, stellte ihre großen Brüste zur Schau und gönnte sich ein kühles Glas Limonade. Doch dieses Mal kam alles anders ...

Vielleicht hatte sie ihr Schönheitsbad abgekürzt oder die Jungen hatten die Zeit falsch eingeschätzt. Achim stand oben und deckte gerade seinen Bruder am Fuß der Treppe mit einer Salve von Erbsen ein, als sich die Badezimmertür öffnete und seine nackte Mutter durch den Dampf in den Flur schritt. Während sie sich vor dem Spiegel noch einmal wohlwollend musterte und sich dann ihren Frottee-Bademantel überwarf, versuchte Achim, seine Lage einzuschätzen. Die Munition einzusammeln, dafür war es zu spät. Seine Mutter auf die Erbsen hinzuweisen, war ebenso unmöglich, denn damit wäre sein Schicksal besiegelt und eine Tracht Prügel unausweichlich gewesen. Achim vertraute auf sein Glück und darauf, dass seine Mutter nicht auf eine Erbse trat.

Doch schon auf den ersten Stufen rutschten ihre schwitzenden Füße aus, ein kurzer Schrei, dann noch ein Krachen und sie blieb bewegungslos am unteren

Ende der Treppe liegen. Achim und sein Bruder standen stumm da und glotzen. Sie röchelte noch eine Weile, dann wurde es still. Später weinten die Jungen und noch etwas später legten sie rote Rosen auf ihr Grab. Ihre Lieblingsblumen.

Zwölf Jahre waren vergangen, Achims Schwestern und sein großer Bruder hatten das gemeinsame Haus verlassen, Achim selbst war mit seinem Vater in eine kleinere Wohnung umgezogen. Der junge Mann hatte sich inzwischen zum Dienst bei der Bundeswehr verpflichtet und da er in seiner Heimatstadt Essen stationiert wurde, konnte er fast jeden Abend zu seinem Vater heimkehren. Der ging weiterhin arbeiten, sah sich abends Quizsendungen an, trank zu viel Alkohol und litt nachts unter Albträumen.

Als Achim ein paar Tage seines Diensturlaubs zuhause verbrachte, fand er eines Morgens seinen Vater neben dem Bett liegend vor, offensichtlich war er während der Nacht hinausgefallen. Er rührte sich kaum noch. Und statt zu reden, brachte er nur Gestammel hervor. Achim ließ ihn liegen ... eine Stunde ... zwei Stunden. Dann rief er den Hausarzt seines Vaters an und schilderte die Situation. Er wies auf den erhöhten Alkoholkonsum seines Vaters hin – was den Herrn Doktor hörbar verunsicherte.

„Ich komm dann gleich, also gleich nach der morgendlichen Sprechstunde vorbei und sehe mir Ihren Vater mal an...", sagte er noch, bevor er auflegte.

Achim setzte sich auf den Boden zu seinem Vater.

„Jetzt siehst du mal, wie das ist, wenn einem keiner hilft. Aber mach dir keine Sorgen, ich bin ja kein Unmensch, der Doktor ist schon fast auf dem Weg."

Achim streichelte tröstend die Wange seines Vaters. Neun Tage lang quälte dieser sich noch im Krankenhaus, dann starb er ...

Achim blieb unvermittelt stehen, beinahe hätte er ihn übersehen, diesen Grabstein. Ein stehender Quader mit geschwungenen Linien im Zentrum. Wie Bäume an einem Flussufer. Aber war der nicht etwas zu protzig? Achim zögerte noch einen Moment ... Ach was, das passte schon. Vor allem die Farbe des Steins gefiel ihm: Graubraun, seine Lieblingsfarbe.

Der gute Duft von altem Holz

Die Sonne im Rücken, gute Sicht und ein freies Schussfeld. So kniete der Söldner, das Gewehr an der Schulter fixiert, seitlich angelehnt an einen hüfthohen Schrank, den er mühevoll bis in die Nähe des Fensters geschoben hatte. In die Nähe dessen, was vom Fenster noch übriggeblieben war. Er hatte den Schrank sehr behutsam dorthin bewegt, weil es sich ohne Frage um ein besonderes Möbelstück handelte. Aus massivem Holz gefertigt, mit zahlreichen Türchen, Fächern und Verzierungen versehen. Den anderen Teil des Raumes, der fast völlig in sich zusammengefallen war, hatte er gemieden. Und dem blutigen Klumpen, der dort unter Trümmern begraben lag, gönnte er nur einen kurzen Blick. Trotz des Gestanks und der Fliegen, die den Leichnam umschwirrten, versuchte er ihn zu ignorieren. Sie lagen wie Abfall in dunklen Ecken oder am Rande der Straßen, Männer, Frauen und Kinder, in Stücke gerissen oder von Kugeln durchsiebt. Niemand nahm sich die Zeit, sie mit Anstand zu beerdigen, dabei hätten sie doch etwas mehr Würde verdient gehabt.

Eigentlich war der Mensch doch zu wunderbaren Dingen fähig. Dieser Schrank zum Beispiel: dickes, altes

Holz, fein verziert mit kunstvollen Ornamenten. So viel Mühe und Geduld. Und wie gut das roch! Erstaunlich, dass dieses kleine Kunstwerk den Dauerbeschuss fast unbeschadet überstanden hatte. Die hellbraunen Wände des Zimmers dagegen waren von Rissen und Kratern gezeichnet wie ein altes, vernarbtes Gesicht.

Trotzdem – ein guter Platz, eine gute Position. Hier oben würde ihn niemand vermuten. Das Möbelstück diente ihm als seitliche Stütze beim Anvisieren. Für den einen Moment, auf den es ankam. Der Söldner hielt nichts von diesen großmäuligen Revolverhelden, die mit Dauerfeuer ihr Ziel in Stücke rissen, nur weil sie miese Schützen waren. Ein einziger Schuss – und der musste sitzen! Er nahm den Finger vom Abzug. Die Sicht war gut, er hatte die ganze Straße im Blick. Früher war das bestimmt mal ein nettes Städtchen gewesen. Alte, kleine Häuser und eine Allee, Zedern vielleicht oder Kiefern. Jetzt nur noch Stümpfe, Schutt und Trümmer. Der Blick durch das Periskop war auf Dauer anstrengend. Er legte es behutsam zur Seite, sein letztes Exemplar, er musste sorgsam damit umgehen.

Der Söldner lehnte das Gewehr gegen den Schrank, nahm die Sonnenbrille ab, wischte sich mit dem Ärmel seiner Jacke den Schweiß von der Stirn und setzte sie wieder auf. Ruinen, eine flimmernde Straße, Wirbel aus Staub wie in einem Western vor dem großen

Showdown. Nur, dass diese Gegend der Orient war und sich hier niemand zum Duell gegenübertrat. Man schoss lieber aus dem Hinterhalt. Immerhin kämpften sie auf der richtigen Seite, und das sogar ohne einen Sold. Einzig und allein für die gute Sache, für das eine Ziel: diesen durchgeknallten Schurken das Handwerk zu legen. Wie hatte Jerik Gunnarsson, sein Kampfgefährte, diese Bande beschrieben: *Eine Gruppe frustrierter Psychos, die leider eins vergessen hatten: ihre Therapeuten mitzunehmen.* Denen es anscheinend Spaß machte, ihre Opfer in Stücke zu schneiden und zu verhöhnen. Als wären die letzten zweitausend Jahre der menschlichen Entwicklung spurlos an ihnen vorübergegangen. Ja, Jerik Gunnarsson, den vermisste er. Seit ihrem letzten Einsatz in einem Dorf südlich von Kobane ...

Er würde diesen Tag nie vergessen, und er verfluchte die Erinnerung. Im Gänsemarsch durchkämmten sie die Gebäude, langsam, Schritt für Schritt, Jerik Gunnarsson als Gruppenführer voraweg. Plötzlich hob er die Hand, drehte sich zur Gruppe um und flüsterte: „I hear something, sounds like a heavy gun ...“ Dann ließ er einen fahren, sein Hintermann fluchte und wedelte mit den Händen in der Luft herum, die anderen prusteten vor Lachen. Ein befreiendes Lachen, das sie für einen Moment all das Elend um sie herum vergessen ließ. Auch, dass es hier Wahnsinnige gab, die in verlassenen Häusern Minen legten. Denen es völlig egal war, ob ein Soldat drauftrat oder ein kleines Mädchen. Verfluchte Drecksminen! Wo man stand, wo man ging, immer galt es, wachsam zu sein. In seinen Albträumen hörte der Söldner Jeriks Stimme „Minefield!" rufen, sah, wie er sich zu ihnen umdrehte, seine Lachfältchen einfroren und die Augen sich vor Staunen weiteten. Sah, wie sich dort für den Bruchteil einer Sekunde die Traurigkeit spiegelte, in dem Bewusstsein, dass sich dieser Moment nicht mehr umkehren oder aufhalten ließ ...

Die Mine zerfetzte Jeriks Beine, ließ ihn aber – als wäre sie der Teufel persönlich – bei Bewusstsein. Später sprach niemand mehr darüber. Denn, obwohl sie alles versucht hatten, um seine Blutungen zu stoppen, waren sie froh gewesen, als Jerik endlich still war. Ob man solche Erinnerungen jemals wieder loswurde? Immerhin hatten sie Jerik Gunnarsson mit Anstand unter die Erde gebracht. Ein ordentliches Loch im Wüstensand, eine Zeltplane und ein Lied. Der Schotte, dieser verrückte Kerl, hatte zum Abschied „You never walk alone" gesungen.

Unwillkürlich zuckte der Söldner zusammen. Im Augenwinkel hatte er eine Bewegung wahrgenommen. Er zog seinen Kopf zurück und richtete das Periskop aus. Da! Am rechten Straßenrand, da war etwas hinter die

Mauer gehuscht. Und jetzt nicht mehr zu sehen. So ein Mist, er hätte besser aufpassen müssen! Wenn da jetzt ein ebenso erfahrener Kämpfer wie er hockte, würde er vielleicht Stunden dort ausharren, ohne sich zu rühren. Doch da, da war es wieder! Er seufzte.

Nur ein Hund. Er atmete tief durch, zog ganz langsam die Luft ein. Wie der Duft des alten Holzes den Trümmerstaub und Totengestank überdeckte, das tat gut. Er würde jedenfalls hier oben hocken bleiben, auch wenn sich gar nichts ereignen sollte. Einfach nur geduldig warten. Jetzt schnupperte der Hund an den Baumresten und Mauern herum, bevor er sich einmal um die eigene Achse drehte und zu ihm heraufsah. Verdammter Köter! Der schien ihn zu riechen. Oder das Holz. Wenn der sein Versteck ausfindig machen sollte, würde er ihn erschießen müssen. Obwohl der Hund von Weitem eher harmlos aussah. Ein zerzauster, hinkender, kleiner Köter.

Der Söldner versuchte, den Funk einzuschalten. Es knisterte, kein Kontakt. Eine Seuche, diese altmodischen Funkgeräte. Er blickte wieder auf die Straße. Fuck, da bewegte sich noch etwas! Diesmal eine Gestalt. Eher schlank, nicht sehr groß, stand jetzt da, wo zuvor der Hund aufgetaucht war. Er blickte durch das Zielfernrohr und visierte die Person an ... Entwarnung! Nur ein kleiner Junge in zerlumpten Klamotten, mit einer Art Turban auf dem Kopf. Über seiner Schulter hing ein Rucksack, notdürftig geflickt. Der Hund saß nun vor der Ruine und bellte kurz. Zweimal ... dreimal. Der Junge blickte zu seinem Gefährten hinüber, dann schlurfte er in die Richtung der Ruine, in der sich der Söldner befand. Wenn die beiden zu ihm raufkämen ... Der Junge war harmlos, dafür hatte der Söldner ein Gespür. Der kleine Bursche sah jetzt zum Fenster hinauf. Er wirkte müde. Hungrig war er bestimmt auch. Der Söldner zog einen Energieriegel aus seinem Rucksack. Damit würde er den beiden bestimmt eine Freude machen. Doch keine Zeit zum Nachdenken, der Hund war bereits im Treppenhaus, der Söldner konnte sein Hecheln hören. Er zog seine Pistole aus dem Halfter, bei so einem verwilderten Tier konnte man nie wissen.

Der Hund war größer als erwartet, vielleicht hatte er sich auch nur aufgerichtet, um ihn zu beeindrucken. Er begann zu knurren, ein hässliches, tiefkehliges Knurren. Die Rippen seines abgemagerten Brustkorbs hoben und senkten sich. Ein Energieriegel würde dem nicht genügen. Aus seinem kräftigen Gebiss tropfte Sabber, der Hund bewegte sich langsam vorwärts. Einen der Hinterläufe zog er nach, doch für einen kleinen Sprung würde die Kraft noch reichen. Der Söldner durfte es nicht darauf ankommen lassen. Er hatte keine Wahl. Und keine Zeit mehr für den Schalldämpfer. Es hallte durch die Ruine, einmal, zweimal, dreimal. Der Hund jaulte, sein Körper wurde von der Wucht zurückgeworfen, prallte gegen den Türrahmen und blieb regungslos liegen. Der Söldner hörte Schritte auf der hölzernen Treppe ...

Als er eintrat, sagte der Junge nichts.

Er blickte eine Weile stumm auf den toten Hund, dann auf sein Gegenüber. Der Söldner streckte ihm den Energieriegel entgegen, senkte die andere Hand mit der Waffe und bemühte sich um ein Lächeln. Der Junge nahm den Rucksack ab und legte ihn vorsichtig auf den Boden. Er hockte sich hin, streichelte den Hund und begann, leise mit ihm zu reden. Dann schwieg er für einen Moment und betrachtete seinen treuen Begleiter, so als ob er ihn noch nie angesehen hätte. Der Junge schluchzte. Ein Kind, das alles, was ihm Geborgenheit gegeben hatte, in diesem verdammten Krieg zusammenbrechen sah. Ein Kind mit dunklen Schatten und Falten unter den Augen, für die es noch viel zu jung war ...

Der Söldner wandte sich ab, er musste auf die Straße achten. Als das Schluchzen in seinem Rücken plötzlich verstummte, drehte er sich wieder um. Der Junge umklammerte mit beiden Händen eine Pistole, die er auf ihn gerichtet hielt. Die Waffe sah alt und verrostet aus.

„Mensch, Kleiner, mach doch keinen Scheiß! Wenn das 'ne Fehlzündung gibt, reißt es dir den Kopf ab!" Beschwichtigend hob er die Hände. Der Junge reagierte nicht. Nur seine Hände zitterten. Der Söldner spürte das Kitzeln von Schweißtropfen auf seiner Stirn. Er musste den Jungen beruhigen.

„Das mit deinem Hund tut mir leid. Nimm doch die Waffe runter. I´m sorry with your dog. Don´t shoot." Für einen Augenblick dachte er daran, ihm noch einmal den Riegel anzubieten, doch dann hob er die linke Hand zur Stirn, um einen Tropfen wegzuwischen ...

Der erste Schuss traf ihn an der Schulter und schleuderte ihn gegen den Schrank. Als die zweite Kugel sein Bein durchschlug, riss er instinktiv seine eigene Waffe hoch und feuerte zurück. Der Junge stolperte ein paar Schritte rückwärts, sah ihn noch einen Wimpernschlag lang erstaunt an und sackte dann lautlos zusammen.

Die tarnfarbene Hose des Söldners hatte sich rot gefärbt, das Atmen fiel ihm schwer. Wie lange war er ohne Bewusstsein gewesen? Draußen begann es bereits zu dämmern. Die erste Kugel war in seine Schutzweste eingedrungen und hatte ihn umgeworfen. Eine harmlose Sache. Aber der zweite Treffer hatte ihn übel erwischt, der Unterschenkel war gebrochen. Verbandsmaterial hatte er in Griffweite, aber wie sollte er sich fortbewegen? Er musste das Bein schienen, und er brauchte etwas, das er als Krücke einsetzen konnte. Seine Augen suchten den Raum ab und blieben an dem toten Jungen hängen. Das war kein „Gotteskrieger" gewesen, keiner dieser Psychos. Nein. Er hatte einen kleinen Jungen erschossen, höchstens elf oder zwölf Jahre, in etwa so alt wie Lukas, sein Neffe. Der Söldner schluckte. Es kam ihm vor, als würde er Donner hören und das Geräusch von prasselndem Regen und er sah ein Kind, das in eine Pfütze hüpfte ... Verdammt, höchste Zeit heimzukehren! Die Bilder verschwammen so schnell, wie sie gekommen waren. Nur die gebrochenen Augen des Jungen, die unentwegt zur Decke starrten, die blieben ihm ...

Der Söldner zuckte zusammen.

Ein merkwürdiger Laut, noch weit entfernt, wie ein leises Heulen. War das etwa ein arabischer Wolf? Unwahrscheinlich, denn es gab nur noch wenige Exemplare dieser Art. Sie sollten ziemlich klein und eher harmlos sein. Aber harmlos hatte dieser blöde Köter auch ausgesehen und jetzt hatte der Söldner den Schlamassel. Einen Knochenbruch, der seine Beweglichkeit erheblich einschränkte. Und ein Soldat, der seine Position nicht wechseln konnte ... Er spürte den Druck der kräftigen Zierleisten in seinem Rücken und drehte seinen Kopf zur Seite. Die sahen passend aus. Als Schiene für sein Bein. Doch der Söldner zögerte.

Der Schrank war wie ein guter Freund, der ihn stützte und aufrecht hielt. Unter seinen Kampfgenossen gab es auch einige, die sich als Freunde erwiesen hatten. Der Schotte zählte nicht mehr dazu. Nicht nach dieser Sache von damals, in der Nähe von Suruk...

Eine staubige Landstraße in der Glut der Mittagssonne ... zwei Schwerverletzte auf der Ladefläche eines Trucks. Eine kurdische Soldatin und ein älterer Mann, der den Rang eines Hauptmanns bekleidete. Drei Fahrzeuge mit acht Mann Besatzung auf dem Weg ins Krankenhaus. Vier Kurden, unter ihnen ein Offizier, der Rest angeworbene Kämpfer. Der Wagen vor ihm wirbelte rotbraunen Staub auf, der Söldner band sich sein Halstuch vor die Nase und trank einen Schluck aus seiner Wasserflasche. Diese verfluchte Hitze! Schussweste, Survival-Rucksack und Reservemunition. Mit diesem Gewicht und in der dicken Kampfmonitur schwitzte man ununterbrochen. Dem Söldner ging es nicht gut. Nur mit Mühe hatten ihn die anderen dazu bewegen können, aufzustehen. Seine Unentschlossenheit hatte in den letzten Tagen stetig zugenommen. Jede Kleinigkeit, ob es das morgendliche Waschen oder das Tee brühen zum Frühstück war, alles fiel ihm schwer. Dazu kam noch, dass er manchmal, vor allem, wenn die Mittagshitze fast unerträglich wurde, Halluzinationen erlebte. Nichts Dramatisches, sondern eher schlichte Dinge wie einen Regenschauer oder eine Gruppe Kinder, die er für einen Moment sah und auch hörte, die aber real nicht existierten ...

Als sie in der Ferne am Horizont die ersten Häuser von Suruk als kleine Kästchen wahrnahmen, fielen unerwartet Schüsse. Einzelfeuer, ziemlich ungenau. Aus einer kleinen Siedlung heraus, die gerade mal zwei Dutzend Häuser zählte und ungefähr zwei Sportplatzlängen vom Straßenrand entfernt war. Niemand wurde ernsthaft verletzt, aber es erwischte einen der Reifen. Sie positionierten die anderen Wagen im Graben am Straßenrand und packten in Windeseile alles um. Wieder fielen einzelne Schüsse, dieses Mal gezielter, der Schütze hatte sie im Visier. Der Schotte robbte sich an die Kante des Grabens und blickte durch sein Fernglas.

„Only one man. The third building on the right side.
At the window."

Gunnarsson baute sein Scharfschützengewehr auf. Gute Augen, eine ruhige Hand und endlose Geduld. Aber der Mann in der Siedlung rührte sich nicht mehr. Der kurdische Offizier wurde unruhig.

„I call American, I cannot wait."

Die Söldner wetteten darauf, welches Ereignis zuerst eintreffen würde: ein finaler Schuss von Gunnarsson oder die Raketen der amerikanischen Jagdbomber. Sie warteten. Jerik blickte angestrengt durch sein Visier und gönnte seinen Augen nur kurze Pausen. Wischte sich nur ab und zu den Schweiß von der Stirn.

Als in der Ferne das Brummen der Flieger zu hören war, sagte er: „I got him."

Er hielt die Luft an und feuerte. Dann erhob er sich.

„One man only. Game over."

Doch der kurdische Offizier weigerte sich, die Amerikaner zu informieren. In gebrochenem Englisch versuchte er zu erklären, dass dort ja noch mehr Feinde im Hinterhalt liegen könnten. Während Gunnarsson heftig auf ihn einredete, gingen die beiden Flugzeuge in den Tiefflug über und feuerten ihre Raketen ab. Die kleine Siedlung ging zum größten Teil in Flammen auf, nur zwei der Hütten, etwas abseits, brachen durch die Druckwelle zusammen, brannten aber nicht. In den Trümmern bewegte sich etwas, zuerst waren es nur kleine Punkte in der Ferne. Dann wurden sie allmählich größer und schlurften auf die Fahrzeugkolonne zu. Einige aus ihrer Gruppe wurden getragen oder über den Boden geschleift.

„The people got it badly, we must help them ...", sagte der Schotte und ging zum hintersten Fahrzeug, um die Verbandstaschen zu holen.

„We cannot wait!", rief der kurdische Offizier aufgebracht, doch der Schotte ignorierte ihn und beugte sich über die Ladefläche des Trucks.

Während er an der Notfallkiste hantierte, sah der deutsche Söldner die Leute auf sich zukommen. Stolpernde, hinkende Gestalten. Ihre Gesichter waren merkwürdig weiß, aus glasigen Augen mit blutverkrusteten Köpfen starrten sie herüber. Jetzt konnte er sie auch hören. Ein Stöhnen und Stammeln, das ihn schaudern ließ.

„Zombies ...", rief er, „das sind Zombies! Verdammte Schweine, wir machen euch platt!"

Er riss seine Uzi hoch und feuerte das ganze Magazin leer. Dann drehte er sich wortlos zu den anderen um und sicherte seine Waffe. Einen kurzen Moment starrten ihn alle sprachlos an, bis ihn ein Faustschlag mit ganzer Wucht im Gesicht traf. „You bloody bastard!", brüllte der Schotte mit hochrotem Kopf und holte erneut aus. Gunnarsson packte ihn von hinten und nahm ihn in den Schwitzkasten. Mit Hilfe der anderen hielt er ihn zurück.

Der Brite war seit diesem Ereignis nicht mehr gut auf den deutschen Söldner zu sprechen. Doch er unternahm nichts weiter, denn während der Kampfeinsätze wurden keine Streitereien geduldet. Schließlich einigte man sich darauf, über das Geschehene zu schweigen, denn der deutsche Söldner hatte sich bislang nichts zu Schulden kommen lassen und sich außerdem als mutiger Kämpfer und guter Schütze erwiesen. Ja, er war sogar einer der Besten. Deshalb hatte er auch diesen Job übernommen. Stundenlang in einem Trümmerfeld ausharren und darauf warten, dass versprengte IS-Kämpfer auftauchten.

Das Heulen war nähergekommen. Verflucht nah sogar! Das war unten vor dem Haus. Und es war nicht nur ein Tier. Es klang fast so, als ob der Chef einer Bande seine Kumpanen zusammenrief und sie ihm antworten würden. Der Söldner begann, seine Munition zu zählen. Den größten Teil hatte er in seinem Kampfrucksack deponiert, doch der lag auf dem Schrank. Er versuchte sich hochzuziehen, schrie und sackte stöhnend wieder zusammen. Er zwang sich, einen Moment still dazuliegen, nichts zu denken, nichts zu tun. Kräfte sammeln. War das eine menschliche Stimme? Sie klang weit entfernt, war aber nicht zu überhören. Da sang tatsächlich jemand ein Lied! Also war der Kampf beendet. Und sie suchten nach ihm. War doch klar, einen guten Schützen wie ihn, den gab man nicht so leicht auf!

Er hatte den Wolf nicht kommen hören. Plötzlich stand er da, im Eingang, und fixierte den Söldner. Die anderen Tiere hielten Abstand, sie hatten Respekt vor ihrem Anführer. Der Leitwolf betrachtete ihn abwartend und zog sich wieder zurück. Ins Treppenhaus. Er würde geduldig sein und warten. Auf den einen Moment, auf den es ankam ... Die Stimme, da war sie wieder. Der Gesang kam näher. Das war doch der Schotte! *You never walk alone*. Wie beruhigend. Der Söldner strich mit zitternden Händen über das Holz. Wie gut das roch. Merkwürdig, trotz seiner Verletzung fühlte er sich in diesem Augenblick wohl. Die Schmerzen waren erträglich, und gleich würde ihn sein Kamerad finden. Wenn ihm nur das Denken nicht so schwerfiele. Plötzlich begann sich der Raum zu drehen. Der Blutverlust, er musste unbedingt etwas trinken. Aber die Trinkflasche lag im Rucksack auf dem Schrank. Der so gut duftete. Das Bett in seinem Kinderzimmer, es hatte ähnlich gerochen ...

Er erinnerte sich daran, dass seine ältere Schwester ihm manchmal Gute-Nacht-Geschichten erzählt oder ihm etwas vorgesungen hatte. Einen Moment lang sah der Söldner Bäume vor sich, deren Blätter im Wind tanzten, er sah Wiesen und Kinder, die ihre Füße im kühlen Fluss baumeln ließen. Er erinnerte sich noch gut an den herben Geruch und das Dunkelblau der Ruhr, die im Sommer unter dem wolkenlosen Himmel so geheimnisvoll glitzerte. Er dachte an das satte Grün vom Bergmannsbusch, dem kleinen Wäldchen am Rande ihrer Siedlung und an die roten, saftig-süßen Erdbeeren in ihrem Garten ... Hier aber gab es nur

Hitze und Staub. Ein endloses Graubraun. Und das war nicht mehr seine Lieblingsfarbe ... Der Söldner spürte, wie seine Augenlider flatterten. Einen Moment schließen, nur einen winzigen Augenblick. Er fühlte sich müde, einfach nur noch müde. *You never walk alone*. Er hörte die Stimme des Schotten, jetzt deutlicher, ganz nah. Er schloss die Augen. *You never walk alone.* Der deutsche Söldner begann mitzusingen. Unten auf der Straße hielt der Schotte inne ...

Er hatte sich nicht getäuscht, da sang jemand sein Lied. Natürlich, dort oben, in der Ruine, da musste sich sein Kamerad aufhalten. Die Sonne im Rücken, gute Sicht, freies Schussfeld. Diesen Platz hätte er auch ausgewählt. Für einen Moment zog der Schotte sein Gesicht in Falten, schien angestrengt nachzudenken. Dann holte er tief Luft und sang noch kräftiger als zuvor. Er beschleunigte seinen Schritt und ging zügig weiter, weiter die Straße hinunter und an der Ruine vorbei ...

Nach einer Weile blieb er plötzlich stehen, legte den Kopf in den Nacken und lauschte. Da war kein Gesang mehr zu hören, kein Rufen, nichts. Nur ein zartes Klopfen. Angestrengt blickte er nach oben, dann entspannten sich seine Züge. Der Schotte lachte laut auf und reckte seinen Kopf dem Himmel entgegen. Und die Regentropfen bahnten sich einen Weg durch sein staubiges Gesicht ...

Der Autor

Ben Weber wurde 1958 in Essen geboren und ging dort auch zur Schule. Nach Abitur und Bundeswehr folgten längere Studienzeiten in Bochum und Dortmund. Im Jahr 1991 schloss er eine therapeutische Ausbildung ab. Als er im Jahre 2007 einen neunjährigen Jungen aus dem Kinderheim kennenlernte, wurde er völlig unerwartet zu dessen „Pflegevater" und schrieb einige Jahre später eine humorvolle Erzählung darüber, seinen Debütroman „Papa-Probetraining".

Ben Weber ist seit über 27 Jahren verheiratet, hat einen fast erwachsenen Sohn, pflegt zwei Wellensittiche, ein Fahrrad und seine Plattensammlung.

Weitere Bücher von Ben Weber:

Papa-Probetraining

Harti Hoppel blickt durch

Schmittmanns Weihnachten